Car je m'adresse aussi à vous, hommes d'un certain âge, papas
des générations qui naquirent un peu après 1830.

(Page 2.)

ÉTIENNE BAUDRY

LE CAMP

DES

BOURGEOIS

ILLUSTRATIONS

DE

G. COURBET.

PARIS

E. DENTU, ÉDITEUR

LIBRAIRE DE LA SOCIÉTÉ DES GENS DE LETTRES

Palais-Royal, 17-19, Galerie d'Orléans.

1868

Tous droits réservés.

PRÉAMBULE

Maintenant que l'argent est tout, le Bourgeois qui veut être quelque chose est obligé à devenir millionnaire : la conquête du million, seule, peut le faire sortir de la Bourgeoisie, c'est-à-dire de LA CLASSE DES HOMMES GÊNÉS.

Le Millionnaire et le Bourgeois sont les deux antipodes.

Bourgeois-millionnaire est une accolade niaise de deux mots qui se contredisent :

Au *Bourgeois* les moyens termes, les

petits calculs, le marchandage forcé, l'omnibus et le vin de Mâcon; en un mot, le nécessaire — plus ou moins — mais pas au-delà :

Au *Millionnaire* le superflu qui fait la richesse.

Donc, ne parlez plus du *riche Bourgeois,* si vous tenez à ne pas dire une chose absurde et aussi dénuée de sens que le serait l'expression de *Millionnaire pauvre.*

LACÉDÉMONE

. . . . Attention! Voici l'instant, monsieur mon fils est bachelier; je le sa
tout lourd et tout bête, et je le lance...

(Page 12.)

LE
CAMP DES BOURGEOIS

LACÉDÉMONE

A MES COLLÈGUES DU CLUB
    DES POMMES-DE-TERRE
    A FONTCOUVERTE.

Y a-t-il parmi vous, messieurs, un bourgeois
capable de se tailler un pantalon ou de se fabriquer une paire de souliers?...

Vous ne vous pressez guère de répondre ; c'est
tout simple ; personne n'a eu l'idée de vous faire
apprendre un état. Comme vous ont élevés vos
pères, de même vous avez élevé vos fils : pour
être des bourgeois perpétuels !

Vous comptiez sur l'éternité, et vous n'avez pas duré quatre-vingts ans; or, maintenant que la bourgeoisie se meurt, pensez-vous qu'un tout petit métier ne ferait pas bien votre affaire?

Vous avez cru que vous formiez une caste; alors que la bourgeoisie ne fut qu'une manière d'être, quelque chose de transitoire, une ligne à peine indiquée sur le cadran des siècles. — La grande aiguille a passé sur vous sans s'arrêter; et vous n'avez eu que votre seconde d'existence : vous n'étiez pas et vous n'êtes déjà plus.

On m'assure que vous ne serez pas tous également malheureux : le retour au prolétariat devant être moins pénible au bourgeois ex-prolétaire qu'à celui conçu dans un sein déjà bourgeois. C'est justement le contraire qui aura lieu; — mais quand bien même cela serait, — et vos enfants, aux uns et aux autres? Quelle figure pourront-ils faire dans le nouveau pas qu'il va falloir danser? Pourtant! — grâce à l'éducation lacédémonienne qu'ils ont reçue, — ils devraient être des sujets aguerris, et préparés à tout, vos enfants : préparés à tout, comme nous étions mûrs pour la République, — nous autres, — quand elle nous surprit assis sur les bancs du collége — sous le règne de Philippe le Tyran.

Car je m'adresse aussi à vous, hommes d'un certain âge; papas des générations qui naquirent un

peu après 1830. Daignez faire une légère excursion
dans vos souvenirs; — que nous causions un brin
de messieurs vos fils, et de l'instruction que vous
leur fîtes donner en vous saignant aux quatre
membres, comme vous le disiez avec orgueil.

Ah! ce n'est pas la lancette, mais un troquart
que vous eussiez dû enfoncer dans la peau de votre
vanité; peut-être qu'une fois dégonflés, il vous serait venu à l'esprit de vous inquiéter du profit
qu'un jour vos enfants pourraient tirer de leur
éducation spartiate.

La république de Dracon, celle de Caton, celle
de Lycurgue ou d'un autre, pourvu que ce fut de
la république, voilà tout ce dont il nous fut parlé,
à partir de la petite classe de cinquième, avec l'approbation de qui de droit.

(Voir le programme de l'enseignement univer-
sitaire alors en vigueur dans les collèges.)

Mais le type entre tous chéri et célébré, c'était la
constitution de Lycurgue, parce qu'elle était exclu-
sivement guerrière; parce que tous les citoyens en
étaient soldats. — C'est alors qu'il eût fait beau de
proposer une loi radicale sur l'organisation de
l'armée; — il est vrai que l'on avait la garde na-
tionale.

*Le mépris de tout état et de tout métier, la haine
absolue de toute occupation positive* ou *commerciale,*
telles furent, messieurs de la bourgeoisie, les prin-

1.

cipes que vous laissâtes inculquer à vos fils, sous
l'œil conservateur de M. le ministre.

Quant aux professeurs qui les éduquaient, bonnes
gens que leur position même exemptait du service
militaire, d'où leur venait la belliqueuse ardeur
qui les transportait? Ah! je me le demande encore.

Laissez-moi donner la parole à mon ex-régent de
cinquième :

— Qu'est-ce que l'Eurotas? répondez, mômes!

— L'Eurotas, monsieur, l'Eurotas?

— Oui, l'Eurotas! infirmes, qui seriez mieux
couchés au fond de son lit qu'assis sur ces bancs.

« — L'Eurotas qui coule à Sparte est un cours d'eau
» où l'on n'a pas pied, et dont Lycurgue avait fait,
» pour les enfants naissants, un établissement spé-
» cial de bains froids. Les Lacédémoniennes y pré-
» cipitaient leurs nouveaux-nés, la tête la première,
» pour les empêcher de s'enrhumer plus tard. Le
» moutard qui avait eu l'esprit d'apprendre à nager
» dans le ventre de sa mère s'en tirait aux grands
» applaudissements du peuple. — Les autres, les
» fils d'*épiciers*, de *bourgeois* et de *satisfaits*, bu-
» vaient un coup final: c'était un débarras pour les
» parents, et pour la patrie, qui n'avait pour
» citoyens que des Hercules, et non pas des Jean-
» fillettes comme vous, fils de notaires! »

Quand on parle ainsi à des enfants, et que l'on célèbre à ce point l'éducation des muscles, les exercices du corps doivent tenir une place immense dans l'enseignement d'un collége. Exemple :

Lever à cinq heures.

Vite à l'étude jusqu'à sept heures et demie.

Déjeuner.

Classe de huit à dix heures.

Quart d'heure de récréation ; quart d'heure de retenue pour ceux qui ont causé pendant la classe.

Étude jusqu'à midi ;

Demi-heure de récréation ; demi-heure de retenue pour ceux qui ont causé pendant l'étude.

Dîner.

Après dîner : cinq minutes de récréation ; cinq minutes de retenue pour ceux qui ont causé pendant le dîner.

Étude de une heure à deux.

Classe de deux à quatre.

Récréation ; retenue pour ceux qui ont causé pendant la classe.

A cinq heures, étude.

A sept heures et demie, souper.

Après souper (*en temps de carême seulement*), lectures pieuses.

Coucher, immédiatement après.

Promenade le jeudi : retenue — la promenade

durant — pour ceux qui ont causé pendant la semaine.

Voilà ! bourgeois natifs de 1804, — à quoi l'on
exerçait les corps de vos fils.

Passons à la nourriture.

Si la recette du brouet clair n'avait été qu'oubliée,
on s'en fût souvenu à notre profit, dans nos colléges
lacédémoniens ; malheureusement, elle avait été
perdue.

Mais on la remplaça vivement par celle du pain
sec, lequel était infligé comme punition courante,
à tout contrevenant, pour la plus légère infraction à
la règle. C'était tout simple..

L'époque était aux antiphlogistiques.

Il n'existait qu'un seul mal : l'inflammation.

Qu'une seule maladie : la gastrite.

Le remède était clair ; on tirait du sang :

Diète, sangsues, saignées.

Au pain sec ! des moutards de huit ans !

A l'eau et à la diète, les enfants dont les pères
avaient été mis à blanc par la lancette de Broussais
et de ses dérivés !

. . . .

. . . .

Si c'était tout encore ! Non ! les romanciers d'alors,
et à leur tête M. Dumas (un homme qui se portait

si bien), ne s'avisèrent-ils pas de mettre la pâleur à la mode !

Point de comme-il-faut possible, pas d'élégance abordable, si l'on n'était pour le moins phthisique au second degré.

MM. les peintres firent chorus, et chacun tirant sur la même ficelle, l'accord devint unanime pour célébrer le GENRE POITRINAIRE.

NOTA. — *On ne se doute guère que, de la grande époque romantique, date expressément la falsification du vinaigre. Jusqu'alors, les populations avaient été assez sobres de ce condiment pour qu'il ait pu se maintenir à l'état naturel ; mais du jour où les faces s'efforcèrent de tourner au blème, il devint impossible au commerce de rester honnête en présence des exigences de la consommation. On se mit donc à fabriquer et à vendre du vinaigre frelaté.*

Son usage fut d'abord signalé dans les couvents du Sacré-Cœur ; mais de là il ne tarda point à se répandre dans les ateliers de peinture, où les modèles en buvaient à pleins verres.

Quelqu'un fait-il des difficultés pour me croire ? qu'il se poste cinq minutes seulement devant le saint Augustin et la sainte Monique : après cela, il sera convaincu.

Voilà les conditions d'esprit et d'hygiène où se

trouvaient tes auteurs, quand tu vins au monde, ô ma pauvre génération. Ah! qu'il est riche et généreux, le sang qui circule dans tes veines!

Ainsi bâtis, nourris et façonnés au physique et au moral, la révolution de 48 surprit au collége les natifs de 1830.

S'ils furent républicains, ils n'étaient pas fougueux.

Enfin! quatre ans plus tard, 52 se dressa devant leur organisation débile et leur esprit indécis : — Que faire?

Ici, permettez-moi de vous faire remarquer, en tout bien tout honneur, que s'il y a eu, depuis que le monde est monde, une époque où la vocation fût indispensable pour entreprendre quoi que ce soit, c'est l'époque du gouvernement impérial.

Qu'est-ce que l'Empire? L'Empire, c'est la paix! Or, la carrière des armes est-elle abordable en pleine paix, à qui n'a pas une de ces vocations fatales qui nous entraînent vers la graine d'épinards?

Non! les bâtons de maréchaux ne se fabriquent pas avec du bois d'olivier, le seul arbre qui dût désormais pousser sur la terre.

Il n'y avait donc point lieu de songer à être soldats sous l'Empire.

— C'était, me direz-vous, le cas ou jamais d'endosser la robe d'avocat : *cedant arma togæ;* la parole ne mène-t-elle pas à tout?

— Plaît-il? . . . .

— Ainsi, ils ne furent pas avocats? C'est dommage; un titre qui se greffe si bien sur un bourgeois! Bah! ils ont sans doute fait autre chose?

— Quelle autre chose? à quoi étaient-ils préparés? qu'avaient-ils appris? de quoi étaient-ils capables?

Non! ils ont fait des avocats quand même, sans vocation, sans cause et sans sac.

— Et que sont-ils devenus?

— Vous n'y êtes pas?... On prend un petit Spartiate, on le lance dans l'Eurotas : si le môme a du souffle, il flotte; si son fiel crève, il coule; voilà!

— Génération coulée!

. . . .

— Et les postérieures?

— Nos cadettes? J'ai cru un instant que la bifurcation avait été inventée pour les maintenir sur l'eau; mais non : ce ne fut qu'un leurre, un avortement, une lueur crépusculaire d'enseignement pratique; et l'éducation, après cette infructueuse tentative, est devenue plus que jamais lacédémonienne.

On prend toujours monsieur Lolo, et on le fourre au collège. On vous y a mis, vous l'y mettez; on doit bien cela à son enfant. Sur ces entrefaites, voici que le cadran social se détraque : le prolétaire monte d'un cran, le bourgeois descend de quatre, les bras disparaissent, les propriétés se reposent ; les revenus diminuent ; — mais Lolo passera dix ans au collège, comme dans le bon temps.

Et les dépenses augmentent toujours.

— Après ?

— Voudriez-vous que ce qu'a fait le père, on ne le fît pas faire au fils ! — Papa a fait son droit, Lolo fera le sien. Attention ! voici l'instant : monsieur mon fils est bachelier ; je le saisis tout lourd et tout bête, et je le lance... non pas dans l'Eurotas au lit de cailloux, mais dans le gouffre insondable de la vie parisienne, tout seul, sans papa, sans maman, sans chandelle, sans boussole, sans corset... de sauvetage ; sans le moindre préservatif ! Tir'-toi d' là si tu as du fiel... à la lacédémonienne.

J'espère qu'il est réussi, le moyen pour voir si l'on a un fils qui vaille, ou un rien-qui-vaille de fils.

Ceux qui surnagent sont les crânes ; les autres crèvent... à la spartiate.

C'est un procédé infaillible pour éliminer les sujets sans vocation.

Ah ! qu'ils ont du ventre ceux qui en reviennent ; ce sont les bons !

A LOLO.

« Lolo, mon fils, tu ne connais rien de rien :
» tiens! te voilà de l'argent. Tu ne sais pas encore
» en dépenser : dépense, Lolo, tu apprendras à en
» gagner ensuite.»

A PAPA.

— Eh bien, papa, et Lolo?

— Il fait son droit.

— Et les affaires?

— Rien ne va plus. Les eaux-de-vie à zéro; les
domestiques hors de prix! La misère! Ma femme
fait la cuisine.

— Et Lolo?

— Il travaille.

— Non! ou si peu que ce n'est pas la peine de le
dire : Lolo va au cours, mais il y flâne. Il est oisif
comme tant de malheureux enfants sans vocation
que l'on envoie là-bas, en chambres honteusement
garnies, perdre en quatre années leur santé, leurs
dents et leurs cheveux. Vous voulez qu'il soit avocat, il le sera; mais ce sera tout. Et s'il plaide un

2

jour, nous irons l'entendre au café de votre sous-préfecture.

— Ah! qu'il revienne donc ici pour nous aider!

— Vous aider à quoi? ce n'est pas pour labourer, je pense! Serait-ce pour surveiller vos laboureurs?

Vous n'en avez plus! Pauvre diable! Je vous plains, allez!

— Je ne vous ai jamais entendu prendre si fort en pitié le sort d'un malheureux paysan.

— Le paysan malheureux? Pas du tout, bien au contraire: les paysans sont moins à plaindre que vous;

Parce qu'ils peuvent travailler; et pas vous:

Parce qu'ils sont habitués à la vie dure; et pas vous;

Parce qu'ils ont les mains calleuses et l'estomac énergique; et que vous avez la peau molle, le ventre susceptible et le palais délicat:

Ainsi, même pauvres, ils vivront; et pas vous.

Leur genre de travail n'est, pour eux, qu'un exercice; pour vous il serait un supplice, une torture, une courbature incessante.

Vous avez des habitudes; ils n'en ont pas.

Vous avez des relations; ils ont des voisins.

Vous faites des cérémonies; ils se donnent un coup de main avant de s'être visités.

Le paysan sait vivre sans argent; celui qu'il gagne

il le garde ; ce qui ne l'empêche pas de manger. —
Pour vous, le jour où l'argent vous manquera, il
vous faudra mourir, ou tendre la main aux portes.

— Mon fils ! mon Lolo ! mendier ! jamais !

— Et vous ?

— Moi, c'est différent ; je suis son père. Mais, plutôt que de voir Lolo tendre la main..... Ah ! Dieu !
comment donc faire !

— Qui vous forçait à le mettre au collége ?

— Il le fallait bien : C'était l'usage,

C'était le genre,

C'était la mode,

C'était comme il faut.

C'était distingué,

C'était convenable,

C'était reçu,

Enfin : *C'était admis !*

— Amen !

— Vous dites ?

— Je dis, que, plutôt que de faire donner à mon
fils mon éducation de Spartiate, je l'eusse confié
à MM. les Jésuites de la rue des Postes.

Je dis que si, étant déjà bourgeois, j'avais eu en
outre la déchance d'être père, j'eusse carrément
fait apprendre un bon état à mes enfants ; ce qui
n'eût aucunement fait tort ni à leurs humanités, ni
aux baccalauréats que les jeunes gens doivent rapporter du collége.

Est-ce que je ne suis pas bachelier de première classe? Qui m'eût donc empêché d'être en même temps serrurier? rien!

. . . .

Tenez, je vous le dis avec tristesse, je fais partie de cette infirme génération de 1830.

J'ai passé dix années au collége; peut-être onze.

Je n'ai jamais appris une ligne des leçons à réciter.

Je n'y ai jamais fait un bon devoir.

J'ai toujours attendu les derniers quarts d'heure pour commencer ma besogne. — Vous voulez savoir comment je parvenais à m'en tirer? — Je n'en sais rien moi-même.

Mais voici un exemple de gaspillage du temps; prenons le samedi.

Le samedi soir, à quatre heures, on sortait de la classe pour n'y rentrer que le lundi suivant;

J'avais donc près de trois jours pour faire le devoir donné.

Or, je n'ai jamais commencé ce devoir que le lundi, quelques instants avant le départ pour la classe.

Des leçons? Jamais je ne m'en suis inquiété; je m'en informais seulement pendant la récitation: Quand c'était à mon tour de réciter, je récitais;

Quand on m'ordonnait d'expliquer, j'expliquais, assurément pas mieux que les autres, mais pas beaucoup plus mal que les bons.

Vous vous inquiétez de savoir ce que nous faisions pendant tout le temps des études ? — Rien,
croyez-vous ? — Pas tout à fait ; nous lisions M. Dumas ; nous pensions ; nous réfléchissions même, et
nous disions :

« Faut-il donc que nous soyons indifférents et à
» charge à nos pères, qui se sont assis sur ces mê-
» mes bancs ! Ils y furent paresseux autant et en-
» nuyés peut-être plus que nous ; ils savent ce que
» nous y faisons ; et ils nous y ont fourrés ; et ils
» nous y laissent, les malheureux ! »

— Vous disiez cela, petits ingrats, au lieu de remercier le ciel de la bonté de vos parents.

— Est-ce donc par pure bonté d'âme que l'on met
son fils au collège !

Allons, un peu de vergogne ! Et ne faisons pas
semblant d'oublier que c'est aussi par respect pour
les convenances, beaucoup par vanité, et surtout
pour s'en débarrasser ; — car un drôle devient terriblement gênant, de douze à dix-huit ans, honnête
Richaudeau !

Oui, monsieur, ainsi que je viens d'avoir l'honneur de vous le dire : j'eusse pu apprendre un bon
état, sans même que mes humanités s'en fussent
aperçues.

Et je fusse devenu un habile ouvrier en n'importe
quel genre, si l'on m'avait fait consacrer à un ap-

2.

prentissage le temps que je passais dans l'immo-
bilité des retenues.

En retenue des enfants! c'est tout simplement un
crime de *lèse-nature*. Faites-leur balayer les escaliers, pomper de l'eau, et frotter les parquets, jusqu'à ce que la sueur les inonde; mais ne les tenez
pas immobiles.

Cette peine du REPOS-FORCÉ, la retenue, savez-
vous le nombre des malheureux petits êtres auxquels elle a inoculé de vicieuses habitudes, quand
elle ne s'est pas bornée à provoquer chez eux des
tics burlesques toujours, et souvent calamiteux.

X***, ce magistrat célèbre par sa façon d'éternuer,
avait-il un coriza chronique? — Non. — Il prisait
donc? — Jamais. —Alors pourquoi éternuait-il à en
faire fendre les plafonds? — Parce qu'il avait fait
trop de retenues au collége, où, pour combattre l'ennui du repos-forcé, il s'amusait à s'épiler l'intérieur
du nez. — Le jeu est héroïque, essayez-en. Mais le
passe-temps devint une habitude terrible, un tic
fatal, qui le suivit du collége au palais. — Sitôt que
l'audience lui paraissait trop longue, il se croyait
en retenue; alors, se tiraillant les poils du nez,
comme il le faisait jadis dans le solitaire cachot du
lycée, il était pris d'éternuements si sonores, que les
fondements du tribunal en étaient ébranlés. On dit
même que l'avocat, saisi de frayeur, s'arrêtait au
plus beau de sa plaidoirie.

Ce magistrat, hélas! a dû prendre sa retraite encore à la fleur de son âge. Il serait arrivé à la cour; aurait fait un président de chambre, et même un... mais en voilà assez.

Puisse le ciel garantir ton enfant de ce désagrément féroce, ô bourgeois! Que Lolo n'a-t-il appris un métier pendant ses heures de pénitence; et mon souhait deviendrait superflu.

— Ainsi, vous parlez bien sérieusement; vous eussiez aimé à être ouvrier, forgeron, par exemple?

— Si je l'eusse aimé! oui, monsieur, j'en conviens sans rougir, sans pâlir, sans réclamer des sels ni du vinaigre : ma naissance ne s'y opposait pas. L'état de forgeron? c'est justement le métier de l'avenir.

Quant à votre cocodès de fils, il aurait pu choisir parmi les professions fashionables : sculpteur sur bois, monteur en bronze; ciseleur sur métaux, graveur, guillocheur, et même compositeur-typographe; ce que je lui souhaite d'être encore.

Ah! cher homme, au port digne et noble, qui seriez humilié que votre Lolo eût un état manuel! si vous saviez combien je suis humilié, moi, de n'en pas avoir. Combien je souffre de mon infériorité, quand j'entre dans un atelier où je vois travailler les autres! — L'outil est là, sur un établi, je le prends; dans ma main il reste inerte, et dans la main d'un gaillard *qui n'est même pas un bourgeois*, le même outil fait et crée. — Je trace ces lignes et

je suis incapable de les imprimer, et vous voulez
que je me vante de mon ignorance!

Le pauvre homme, qui aurait eu peur de profaner
son fils en lui donnant un métier! — Je l'ai ren-
contré dernièrement, votre PETIT-CREVÉ de fils; il
n'avait plus ni sou, ni rien à mettre au clou. Je lui
ai prêté cent balles que je ne vous réclame pas, bien
que ça vous étonne. — S'il avait le moindre état,
Lolo travaillerait; non pas, il bâille, ce ventre flas-
que, indifférent à tout. Quel goût peut-il prendre à
la vie? Gagne-t-il de l'argent? non. Quand pourra-
t-il en gagner; dites-le donc vous-même?

Il fait son droit: il dépense. — Supposez-le même
avocat, quand plaidera-t-il une vraie cause?

Enfin, supposons-le magistrat dans dix ans! c'est
donc dix ans qu'il attendra pendu à vos crochets!

— Monsieur! ma bourse ne lui sera jamais
fermée!

— Que vous dites; parce qu'il reste encore de la
braise à la maison; mais quand il n'y aura plus
que de la cendre! — Aussi bien parlons du présent.

Êtes-vous sûr, oisif comme il est, qu'il ne lui
arrive jamais de dépenser son mois en quinze
jours?

— Vous l'en croyez capable?

— Capable! Mais là se bornent à peu près
toutes ses capacités! Or, si vous lui aviez fait apprendre à manier le rabot, il ne serait pas quelque-

fois si en peine pour satisfaire son appétit. — Huit
francs par jour : voilà le gain d'un petit ébéniste.
Mettons-en seulement quatre pour votre fils, à
cause de ses heures de droit : ce supplément de
traitement lui suffirait et de reste pour atteindre
les trente-et-un du mois ; et il n'aurait pas la honte
d'aller flâner à la porte d'un restaurant fréquenté
par ses camarades, soupirer après un dîner d'occasion, lequel ne lui est pas toujours offert.

J'allais poursuivre, quand le père de Lolo me fit
un signe de détresse.

— Oh ! vous pouvez les garder, mes cinq louis,
je n'y comptais plus.

— Non, fit-il, je vous les rendrai après les ven-
danges.

Et laissant tomber son front dans sa main gauche, il s'abîma dans un monde de réflexions. .   .

.   .   .   .

.   .   .   .

Au bout d'un quart d'heure, il s'écria :

— Que pensez-vous des grèves ?

— Desquelles, répliquai-je ; des grèves agri-
coles ?

— Non, des grèves industrielles.

— Mon cher monsieur Richaudeau, n'ayant point
l'honneur d'être patron, j'aimerais autant vous par-

ler des autres, en ma qualité de propriétaire, c'est-
à-dire de bourgeois infortuné.

— Soit !

LA GRÈVE AGRICOLE.

« — En agriculture, le maximum de la produc-
» tion de la terre est facilement appréciable. —
» D'un champ, fût-il cultivé par des fées, on ne
» pourra retirer que tant. — Le salaire agricole de-
» vrait donc avoir ses limites.

» En industrie, la production n'ayant pas de
» bornes, le salaire ne devrait pas en avoir. — Eh
» bien, c'est précisément le contraire qui a lieu.

» Il arrive, en effet, — et c'est une conséquence
» de la liberté des coalitions industrielles, — qu'un
» patron, lié par un marché, se soumet à la de-
» mande d'un salaire qui absorbe et même dépasse
» le bénéfice de l'opération.

» Le patron boit un bouillon, c'est clair ; mais
» après ?— Après la livraison faite, il éteint le four-
» neau ; — il ferme l'usine ; — il graisse la machine
» de crainte qu'elle ne se rouille ; — il dit aux de-
» mandeurs trop exigeants : — Messieurs, à l'hon-
» neur de vous revoir, — à quand vous serez plus
» raisonnables ; — pour le moment je me recueille.

» Eh bien, comment trouvez-vous ce recueille-

» ment? — Un peu vert, n'est-ce pas? — C'est un
» pis-aller, direz-vous. — Or, je vous le demande,
» aurez-vous la ressource d'un pareil pis-aller? —
» Répondez.

» Qu'une coalition surgisse, — et elle surgira, la
» loi l'autorise, — dites-moi si vous fermerez à clé
» vos vignes, ou si vous oindrez de saindoux vos
» champs? — Remercier vos ouvriers? vous ne le
» pouvez pas; — vous ne pouvez pas vous passer
» d'eux.

» Ils le savent; — ils le savent si bien que, dans
» un temps donné, ils vous demanderont le prix
» que vaut le champ, en payement de sa culture. »

Voilà ce que je disais, il y a un an, à la commis-
sion officielle chargée de recueillir des documents
sur *l'enquête* [1].

C'était trop exact pour qu'on osât me jeter à la
porte, mais non point assez agréable à entendre
pour m'attirer des compliments. — On ne m'en fit
donc pas.

Eh bien! que croyez-vous qu'il arriva?

Le dimanche d'après, ces messieurs, que j'avais
eu l'air de scandaliser officiellement, péroraient sur
le cours, entre messe et vêpres. Leur groupe était
compacte, et l'on entendait, dominant toutes les

---

[1] LES BRAS MERCENAIRES (*Première à la Bourgeoisie*). — Librai-
rie Internationale. Lacroix et Ce, boulevard Montmartre. Paris.

voix, l'organe pénétrant du plus grand agriculteur de la contrée : *Messieurs, messieurs, messieurs*, s'é-criait-il, *ils nous auront!*

— Qui donc les aura? demandai-je timidement à un satellite de la troisième rangée.

— Les paysans, parbleu! répliqua-t-il.

LA GRÈVE INDUSTRIELLE.

Voilà pour la grève agricole, la seule et la vraie. Quant à l'autre, la grève industrielle, que vous fait-elle, à vous bourgeois; en quoi peut-elle vous inté-resser?

— En quoi, monsieur, si elle nous oblige à tout payer le double et le triple?

— Pour payer double et même simple, il faut de l'argent; bientôt vous n'en aurez plus, puisque déjà vous êtes obligés d'enrayer la simple consomma-tion. Je vous le répète : « Pour vous, la grève industrielle n'est rien; la grève agricole est tout. »

Une propriété vous valait six mille livres, — elle ne vous en rapporte plus que deux. — Là-dessus, payez vos contributions, mangez; et vous verrez l'argent qui vous restera à dépenser au BAZAR DE L'INDUSTRIE.

— Mais, et le luxe qui est monté si haut?

— Il est monté, il descendra, absolument comme au jeu des montagnes russes.

— Descendre! mais cé n'est pas ainsi que l'entendaient les industriels en se soulevant : l'ouvrier ne serait pas si fou que de vouloir la mort du luxe qui le fait vivre A NOS DÉPENS.

— A vos dépens?

— Mais dame! L'ouvrier ne vivait-il pas du luxe?

— Eh bien?

— Eh bien! il réfléchira aux funestes conséquences de ses prétentions; il les abaissera.

— Non! Il les maintiendra.

— Et alors?...

— Alors l'ouvrier ne vivra qu'à ses dépens propres; mais comme c'est lui qui fait les objets de luxe, c'est lui qui les consommera : du moins, il l'entend, le comprend, le veut ainsi, et l'avenir seul peut nous dire si ses prétentions sont insensées.

— Et nous?

— Il s'agit bien de vous!

— Mais le commerce en perdra la vie!

— Je ne dis pas le contraire; — seulement vous vous imaginiez que l'ouvrier était commerçant, et VOTRE ERREUR ÉTAIT COMPLÈTE.

L'ouvrier n'a pas et ne peut pas avoir de tendresse pour le commerce. — En un mot, IL LUI EST CARRÉMENT HOSTILE.

A quoi aboutissent les transactions commerciales? A produire une hausse sur les objets de première consommation.

La fortune générale y trouve son compte, me direz-vous;

Mais pas l'ouvrier; parce que, préoccupé uniquement de la consommation directe, il trouve, lui, que plus le vin sera cher, et moins il en boira.

— Voilà du Proudhon tout pur.

— Non, c'est tout simplement la manière de voir habituelle à l'ouvrier, *ennemi du commerce.*

Quant à Proudhon, puisque vous daignez en parler, voici comment il s'exprimait, bien avant les dernières grèves :

« La France produit, année moyenne, trente à
» trente-cinq millions d'hectolitres de vins. Cette
» quantité, jointe à celles des cidres et des bières,
» ne dépasserait pas de beaucoup la consommation
» de ses trente-huit millions d'habitants, s'il était
» permis à tout le monde d'aller à Corinthe, c'est-
» à-dire de boire sa quote part de vin, de bière ou
» de cidre. Donc, à quoi bon chercher au dehors
» un débouché que nous avons en nous-mêmes ! »

(*Théorie de l'impôt.*)

Voilà l'état de la question, bon ami, du moins autant que j'ai pu m'en convaincre, en écoutant droite, à gauche et partout.

Voici maintenant le refrain que l'on chante sur l'air que vous voudrez :

« Le temps, c'est de l'argent ;

» Or, l'argent est une marchandise qui s'achète et qui se vend ;

» Donc le temps peut s'acheter et se vendre comme toute marchandise.

» L'acheteur, c'est le patron.

» Le vendeur, c'est l'ouvrier.

» L'acheteur s'efforce d'acheter à bon compte.

» Le vendeur tâche d'obtenir le plus haut prix qu'il peut.

» C'est leur droit à tous deux.

» Que les patrons s'entendent entre eux, ça leur est permis.

» Que les ouvriers en fassent autant, ça ne leur est pas défendu.

» Au plus fort la hotte ! » . . . .

. . . .

Je suppose que l'ouvrier l'emporte.

— Pourquoi le supposez-vous ?

— D'abord, à cause de l'index auquel il met tout patron qui n'a pas le don de plaire ; ensuite, parce que le bon Dieu est toujours du côté des gros bataillons.

Les patrons subiront-ils la loi des ouvriers ? Oui, s'il leur est encore possible de faire croiser les deux bouts de la ficelle ; non, dès qu'elle deviendra trop courte.

— Et alors ?

— Ils mettront la clé sous la porte.

— La mort du commerce!

— Possible! mais l'ouvrier, se trouvera ainsi débarrassé de son patron, et par ce fait devenu membre coopératif d'une société égalitaire.

— Permettez: si les patrons ont été obligés de disparaître, n'est-ce point parce que les hauts prix de la marchandise étalée rendaient l'acheteur paralytique? — Comment, alors, les sociétés coopératives s'y prendront-elles pour faire se trémousser une clientèle ankylosée?

— Nous y voici! Tenez-vous ferme, bon ami; le coup va être rude.

Eh bien! cette clientèle, ON S'EN PASSERA: la nouvelle organisation sociale ayant la prétention d'arriver — par la coopération — à la formation d'une société de *producteurs consommateurs*.

L'association deviendra sa propre clientèle, et ses membres des consommateurs.

— Permettez! Et qu'est-ce qui payera la consommation?

— Ah ça! vous croyez que les ouvriers auraient évincé leurs patrons pour se contenter de journées de dix francs! Si vous parliez de quatre fois le double, et encore! Tranquillisez-vous donc; vous aurez des ouvriers à vingt mille livres de rente; —

du moins il en est qui le disent sérieusement ; — au
fait, pourquoi pas?

— Alors l'ouvrier sera le bourgeois.

— Vous l'avez dit.

— *Et l'on ne pourra pas vivre avec aisance et con-
fort sans être ouvrier ?*

— Absolument : on sera serrurier, si l'on tient à
manger sa réfection, et à avoir des souliers aux
pieds.

— Et les infirmes, que feront-ils?

— Ils feront des hommes de bureau ; la bureau-
cratie n'appartient-elle pas de droit aux sujets ré-
formés ?

— Et les bourgeois de fondation, les gens bien
élevés?

— Ceux-là, pour ne pas déroger, pour s'en tenir
au bon genre et aux usages admis, ils vendront aux
paysans leurs terres l'une après l'autre, jusqu'au
dernier lopin. Après quoi, sentant la faim venir.
et désirant manger, ils entreront, ruinés, dans les
sociétés coopératives.

— Jamais, nous lutterons.

— Comme le pot de terre contre le pot de fer.

— Mais tout cela n'est pas sérieux! En admettant
même que tout s'arrange aussi pacifiquement que
vous le dites, la société résultante ne serait pas une
société !

— Vous voulez dire que ce ne serait pas une société de gens comme il faut.

— Voyez-vous, que vous en convenez!

— Hélas! bon ami! Êtes-vous sûr que vos gens comme il faut soient aussi sérieux que vous le dites?

A ne prendre que les sentiments dévots dont ils font un saint étalage, ils se mettent de cinq à dix pour entretenir un zouave pontifical; et ils traitent la *divine Écriture* de vieille radoteuse, quand elle leur dit: *Tu mangeras ton pain à la sueur de ton front.*

— Vous êtes un radical!

— Nullement, ou si peu, que *même* je n'ai pas de principes politiques.

— On le voit bien.

— Dieu merci!

— Ainsi vous n'êtes pour rien?

— Pour rien, si ce n'est pour la liberté illimitée de *l'individu.*

— Alors vous ne voulez pas de lois?

— Pourquoi dites-vous cette absurdité?

— Dame! on m'avait assuré que les partisans de cette espèce de liberté étaient les ennemis de l'ordre.

— Franchement, je vous croyais moins naïf! — Souvenez-vous, si c'est possible, que : une liberté quelconque ne peut fructueusement exister sans les lois, qui en sont la garantie ; et notez, surtout : que toute violation de la loi est un attentat dirigé contre la liberté.

— Même contre la liberté de l'individu?

— *Toutes les libertés sont solidaires.*

— Et quand la loi est mauvaise?

— On la change.

— Quand on peut.

— Quand on le veut.

— Et en attendant?

— On patiente.

— Mais c'est un principe politique cela.

— Point du tout : en fait de principe, je n'en reconnais qu'un, celui de la RESPONSABILITÉ, lequel est la NÉGATION de tout système politique.

Je dis négation, car si j'admets, avant toute chose, que l'individu soit libre, c'est à l'expresse condition *qu'il soit responsable*. Or, pour être responsable, il faut demeurer en possession de sa raison, et ne pas aliéner son individu : choses fatalement impossibles à qui s'enrôle sous un drapeau quelconque.

Pour moi, liberté et raison, c'est tout un ; je tiens aussi fort à l'une qu'à l'autre, et pour les garder intactes je me suis toujours méfié de boire : vous, messieurs, buvez, puisque vos principes vous le permettent ; mais quand vous serez ivres, que ce soit d'absinthe ou de politique . — si vous venez à

dévoyer — ne venez pas plaider devant moi les circonstances atténuantes de l'entraînement.

Entraînement politique ! passions politiques !
Ah ça ! vous voulez plaisanter, à votre âge et dans
le siècle où nous sommes. Convenez donc plutôt
que la responsabilité n'excuse rien, au lieu que la
politique excuse tout : voilà pourquoi vous faites si
bon marché de l'une et si grand fracas de l'autre.

— Il faut bien pourtant une politique !

— Laquelle ?

— N'importe !

— Et si l'on s'en passait ?

— C'en serait fait de tout : un pays sans politique
est une nation bonne à rayer de l'histoire.

— *Heureux les peuples qui n'ont pas d'histoire.*

— Malheureux ! tu nies l'enthousiasme !

— Je ne le nie pas ; mais je le redoute et je m'en
prive, quels que soient les héros qui le versent :
poëtes, tribuns, martyrs, ascètes, convulsionnaires
ou traîneurs de sabres, — autant de candidats à la
dictature. Mais c'est surtout de celui qu'exhalent les
citoyens-modèles que je m'abstiens de respirer :
chose singulière ! les gens trop purs répandent une
odeur dont ma liberté suffoque.

Et puis, ils ont trop de ressources dans l'esprit :
ils manœuvrent leurs principes avec tant d'aisance
et de facilité que, la machine venant à dérailler
sous eux, ils ont, pour échapper à la responsabilité

et légitimer la catastrophe, la plus admirable des recettes.

— Laquelle ?

— Celle qui rend les dictateurs invulnérables.

— Vous me faites frémir.

— Il n'y a pas de quoi.

— Mais alors comment faire ?

— Il faut savoir compter sur soi et se passer des autres.

— Et que deviendraient les grands hommes ?

— Tranquillisez-vous ; aussi longtemps qu'il sera *comme il faut* de *ne pas faire* soi-même ses affaires, il y aura un emploi de dictateur à prendre dans LE CAMP DES BOURGEOIS.

Vous avez des habitudes, ils n'en ont pas.

. . . .

Le paysan sait vivre sans argent.

LIVRE PREMIER

～～～

BOURGEOISIE ET DROIT DIVIN

I

LE DROIT DU MAITRE

LE PRINCIPE

La bourgeoisie, en abolissant le principe du droit divin, s'est-elle doutée qu'elle détruisait en même temps le *principe de la domesticité?* Non! la consternation des bourgeois en présence de la disette des serviteurs en est l'évidente preuve.

Mais l'admirable, c'est qu'il leur ait fallu soixante-quinze ans pour s'apercevoir de la naïveté qu'ils avaient commise. Et encore! combien sont-ils se refusant, en dépit de tout ce qui leur arrive, à convenir : que l'abolition du droit divin ne soit aussi l'infirmation du droit du maître. — Il est vrai que l'habitude est une seconde nature.

L'HABITUDE

C'est par elle que les domestiques avaient encore obéi aux maîtres ; par elle que les paysans avaient continué leur considération aux bourgeois ; et c'est par l'effet de l'habitude que, maîtres et bourgeois, avaient fini par croire à l'éternité de la plus belle invention du gouvernement constitutionnel : la fiction du *juste milieu.*

LE BREVET

Oui ! ce fut une bien belle découverte, messieurs ; et vous eussiez dû faire tout au monde pour en conserver le monopole. Mais, hélas ! on n'est pas parfait, on ne songe pas à tout, et vous fîtes votre loi sur les brevets de telle sorte, que la propriété de votre invention devait, un jour, elle-même tomber dans le domaine public.—Ainsi, vous voilà *périmés,* après un simple exercice de soixante-quinze à seize ans, une bagatelle, — au lieu qu'avec un peu plus d'attention, vous eussiez pu exploiter votre procédé sans garantie, — jusqu'à la fin des temps... Et dire, messieurs, qu'il ne se trouve personne pour vous plaindre !

L'ADMIRATION

Bourgeois, le droit divin, que tu as aboli parce qu'il ne te profitait pas, — ce droit établissait une distinction si admirable entre le noble et le vilain, entre le maître et le valet, que, quand le maître se soûlait, le valet disait : « C'est le droit du maître », et il admirait comme le maître se soûlait bien.

Et quand le maître le battait, le valet disait : « C'est le droit du maître, » et il admirait comme le maître le rossait, lui qui eût rossé le maître sans le droit divin.

Mais le droit divin, c'est-à-dire le droit du maître, était le droit du gentilhomme.

LA RÉVOLUTION

Or, il arrivait aussi au bourgeois, qui n'était pas valet, mais dont les ancêtres avaient été comme, — d'être parfois rossé comme un valet par un gentilhomme,

Et le gentilhomme riait.

Et le bourgeois, trouvant ce rire mauvais, fit la *révolution*.

Mais il ne put devenir de bourgois gentilhomme, comme de vilain il était devenu bourgeois, parce qu'en faisant *quatre-vingt-neuf*, il avait aboli le droit divin, c'est-à-dire le droit du gentilhomme :

Il avait donc aboli le droit de rosser les valets.

MAITRE ET VALET

Mais il prit des valets à son service ; et les valets savaient qu'ils ne seraient plus rossés ; — et quand le maître se fâchait, ils ne tendaient plus leurs échines.

Et quand le maître se soûlait, ils n'admiraient plus comme il se soûlait bien.

Et le valet disait : « Puisque entre mon maître et » moi il n'y a plus d'autre distinction que celle de la » fortune, je n'aurai plus pour lui d'autre considé-» ration que celle que lui vaut son argent. »

Et il se trouva que souvent le maître était simple,
Et le valet songeait que, du temps du droit divin, il aurait admiré la simplicité du maître.

Mais il arriva aussi — parfois — que le maître
était canaille, et le valet disait : « Puisque mon
» maître est canaille, et qu'il est riche — et qu'il n'y
» a plus de droit divin qui m'oblige à rester valet,
» — pourquoi ne volerais-je pas mon maître qui
» attrape les autres? — Pourquoi ne serais-je pas
» canaille pour devenir riche, puisque mon maître
» est riche, et qu'il est canaille? »

Et il se mit à le voler, d'abord; — et puis, ayant
volé son maître, il en a volé d'autres, — et puis il
est devenu riche, sans cesser d'être canaille, — et
puis il a eu des valets à lui, parce que tout riche
doit avoir des valets.

Mais, sitôt qu'il eut des valets, il oublia qu'il avait
été valet... et il se plaignait de ses valets... et il
ne voulait pas être volé par eux.

Et il lui arrivait de se soûler, comme au temps
du droit divin, et il aurait voulu que ses valets
l'admirassent; or, ceux-ci ne l'admiraient pas,
mais ils l'imitaient.

Et le maître n'entendait pas de cette oreille; — il
ne les rossait pas, mais il les chassait, et il en re-
prenait d'autres.

4.

Et c'était le beau temps pour se faire servir,
parce que l'on trouvait des domestiques.

LA CONSIDÉRATION

Et le maître avait deux ménages, le sien et un
autre ; non point par excès de moralité, mais parce
que c'était de grand genre. — Et les valets le savaient, — et madame, qui ne l'ignorait pas, en profitait pour se faire donner des consolations, — et la
femme de chambre s'y prêtait.

Et les maîtres qui se trompaient voulaient être
considérés par leurs valets.

Mais le droit divin était aboli ; — et depuis son
abolition, les seuls maîtres qui donnaient le bon
exemple pouvaient prétendre à la considération des
domestiques.

Mais il y avait encore des domestiques, au temps
dont je parle : — si le droit divin était aboli, néanmoins on s'en souvenait. — Si on servait plus mal
le maître, on le servait malgré. — Si on le trom-
pait, on le servait. — Et si on le volait, du moins on
le servait encore !

L'ARGENT

Et puis des années s'écoulèrent : — et l'on ne se souvint plus du droit divin.

Le maître ne fut plus celui qui commande, il fut seulement celui qui paye.

Et l'on trouvait encore des serviteurs pour de l'argent ; mais le maître ne demandait plus à ses domestiques ni estime, ni dévouement, ni considération : — il voulait payer cher et être bien servi.

LA DISETTE

Et puis des années s'écoulèrent.

Et l'habitude de la domesticité s'était perdue.

Du domestique d'autrefois, c'est-à-dire de l'homme dépendant et soumis, de l'individu pour tout faire, — il n'était resté qu'un tâcheron émancipé, un vendeur de services à tant la corvée.

.   .   .   .

Bourgeois, ne cherche plus de domestique : con-

tente-toi du serviteur, prépare-toi à la venue de
l'employé, en attendant le moment où tu seras forcé
de te servir toi-même.

II

DE L'EXEMPLE

Le droit divin mort, la domesticité devait disparaître; mais elle pouvait ne mourir que de vieil-
lesse.

Que devait faire le bourgeois, pour lui prolonger
l'existence le plus possible? Il avait deux moyens :
honorer d'abord le travail domestique, en mettant
fréquemment la main à l'œuvre. Ensuite s'attirer
la considération des siens en leur donnant toujours
le bon exemple.

Le bourgeois a-t-il daigné mettre la main à l'œuvre?

Non!

A-t-il brigué la considération de ses domestiques?

Pas davantage! Or,

Pas de considération, — pas de respect;

Pas de respect, — pas d'obéissance;

Pas d'obéissance, — pas de domestiques.

Donc la domesticité s'en est allée.

— Nous avons cependant connu de bien braves gens, très-considérés, tout à fait vertueux, et encore plus affreusement servis que d'autres.

Je réponds à cela : qu'il ne suffit pas d'être brave homme entre quatre murs : qu'il faut encore payer de sa personne, et surtout, PAYER D'EXEMPLE.

A quelle heure vous levez-vous?

— A dix heures.

— A quelle heure vous couchez-vous?

— A minuit.

— Et vos domestiques?

— Quand je suis couché.

— Et quand se lèvent-ils?

— A cinq heures.

— Pourquoi ne vous levez-vous qu'à dix heures?

— Parce que je le veux. Ne suis-je pas le maître?

— Si fait! mais pas le maître d'empêcher qu'ils ne disent tout bas un tas de choses qu'ils résument ainsi tout haut : *En voilà un qui dort bien et ne*

*travaille pas; tandis que moi, je dors peu et je m'é-
reinte.*

— Après? ne les payé-je pas? Sont-ils là pour
travailler ou pour causer? N'ai-je pas le droit de
ronfler à mon aise?

— Non! pas toujours.

— Comment! Vous voudriez que je me levâsse
en même temps qu'eux?

— Quelquefois, oui.

— Et que je travaillâsse avec eux?

— Je ne vous dis pas de vous emmancher après
leur pioche; mais il ne manque point d'autres besognes à la portée de la main.

— Ainsi vous croyez qu'il suffit de rester inoc-
cupé devant ceux mêmes qui n'ont jamais connu le
repos pour leur rendre le travail haïssable?

— Je ne le crois plus, j'en suis convaincu, et je
dis avec M. Benjamin B..... : « Il est tout simple
» que prolétaires, cultivateurs, paysans ou n'im-
» porte, ne veuillent plus *travailler qu'à leur aise,*
» puisqu'ils ont devant eux l'exemple de gens qui
» ne travaillent jamais et qui vivent. »

MONSIEUR. — Et que faites-vous donc ici?

BAPTISTE. — Il est vrai que je mène les chevaux; mais indépen-
damment de cela, il y a d'autres ouvrages à faire chez monsieur...

(Page 231.)

LIVRE DEUXIÈME

LES DOMESTIQUES

APHORISMES

Notre ennemi, c'est notre maître.

LA FONTAINE.

Notre ennemi, c'est notre domestique.

A. KARR.

Si un domestique ne vous prend que du temps, gardez-le tant qu'il voudra se laisser garder.

CORBINEAU, *de la Fontronde.*

Nous savons tout par les domestiques.

DESMORTIERS, *procureur du roi de Paris,*
(sous Louis-Philippe).

Notre maître, c'est notre domestique.

TOUT BOURGEOIS DE NOTRE ÉPOQUE.

II

LE DOMESTIQUE POUR TOUT FAIRE

?

Qu'est-ce qu'un domestique pour tout faire?

Le domestique pour tout faire est celui qui, n'ayant pas de service exactement déterminé, n'en a jamais fini avec sa besogne.

Où commence le service? Où finit-il? Le domestique ne le sait pas, le maître non plus.
— Jean, où êtes-vous donc?
— Monsieur, je suis ici.
— Je vous avais dit d'être là.

— Je ne peux pourtant pas être partout à la fois.

— Il faut tâcher.

— *Je tâcherai.*

TACHER, verbe neutre, du latin *stagere* = s'efforcer de = viser à. — Pris absolument, faire son possible, = ex. : je *tâcherai.*

TACHE, substantif féminin, du latin *taxere* (taxer). = Ouvrage à faire dans un temps fixé, = être à la tâche = être payé en raison de son travail.

Le domestique pour tout faire est-il à la tâche? Non, puisqu'il n'est tenu qu'à viser à... qu'à s'efforcer de faire son ouvrage. Non, puisqu'il n'est pas payé en raison du travail exécuté.

QUELQU'UN.

Absolument comme le journalier pour tout faire.

M. ***.

Non point! parce que le journalier ne doit que sa journée, qui commence à telle heure et finit à telle autre: après quoi il est libre de son temps et de ses actions; tandis que, pour le domestique, — les heures n'existent pas.

Quelles sont les fonctions d'un domestique pour tout faire? Toutes,

Quelles fonctions remplit-il d'une façon complète ou satisfaisante? Aucunes.

Pourquoi?

Le riche prend autant de domestiques qu'il lui en faut. Le pauvre n'en prend pas.

Le bourgeois, à qui ses moyens ne permettent pas d'avoir autant de domestiques qu'il y a de sortes de besognes à faire dans sa maison, — le bourgeois, pour ce, ne prend qu'un domestique pour tout faire; il en résulte:

Que, chez le riche, tout se fait bien, parce que chaque domestique a sa spécialité;

Que, chez le pauvre, tout se fait bien, parce qu'il se sert lui-même,

Et que, chez le bourgeois, tout se fait mal.

Est-ce tout?

Non! le domestique pour tout faire vous sert mal; mais il vous déteste encore par-dessus le marché. — Il vous déteste parce que, n'étant pas serviteur impersonnel, ne remplissant pas une fonction spéciale; ne relevant pas uniquement de sa besogne; — il est soumis à la volonté capricieuse ou réfléchie du maître. — Il vous déteste parce qu'il est dépendant.

Partant, il est votre ennemi.

Je l'ai dit, en parlant du droit divin: pour maintenir un homme (le domestique) sous la dépendance d'un autre homme (le maître), il fallait *le droit du maître ;* et comme le droit du maître n'existe plus, — il est arrivé que le domestique, — votre égal quant aux droits, — votre inférieur quant à la position, — considère vos désirs, vos volontés, vos commandements, même les plus justes, comme autant d'injures : — « C'est toi qui me commandes ; — par cette raison je te hais ! »

M. JOSEPH.

Encore une exagération !

M. ***

C'est une affligeante vérité.

M. JOSEPH.

Le maître que vous citez est une exception, un fantasque, un millionnaire.

M. ***

Fantasque ! un millionnaire ? Moins que tout autre : les millionnaires ont généralement le caractère égal, grâce à la tenue régulière de leurs maisons, dont sont exclus les domestiques pour tout faire.

M. JOSEPH.

Alors de qui parlez-vous ?

M. ***

Du maître, bourgeois honnête et modéré.

5.

L'AINÉ DES TROIS DURAND.

C'est intolérable de voir ce monsieur prendre le
parti des domestiques contre les maîtres!

M. ✳✳✳

Je ne prends parti ni pour l'un ni contre l'autre.
D'ailleurs, les domestiques n'ont pas besoin de
mon coup d'épaule pour aller loin.

Quant aux maîtres, ils jouissent de leur reste;
qu'ils en jouissent en paix! (*Violente interruption.*)

. . . .

. . . .

M. JOSEPH.

Vous êtes un démolisseur. Vous nous poussez
vers l'anéantissement de toute hiérarchie sociale;
mais vous aurez beau faire... il y aura toujours des
domestiques; j'en jure par M. Ferrier, notre grand
improvisateur: *Il faut que la hiérarchie sociale existe
et subsiste; il le faut!*

M. ✳✳✳

Dites plutôt à votre grand chef de file qu'il faut
en prendre son parti.

M. JOSEPH.

M. Ferrier vous a dit votre fait: « Vous descendez de Jacques Bonhomme! »

M. ✱✱✱

Et vous, monsieur Joseph, de qui descendez-
vous?

M. JOSEPH.

Moi? Je découle des immortels principes de 89!
Saluez, monsieur.

M. ✱✱✱

Je ne salue jamais.

M. JOSEPH.

Qu'on arrête cet anarchiste!

M. ✱✱✱

Un instant; avant que l'on m'enferme, pourriez-
vous me dire quels sont ces principes?

M. JOSEPH.

Quels ils sont? Mais c'est à eux que nous devons :

L'abolition des priviléges,
L'abolition des castes,
La morale indépendante
Et l'instruction pour tous!

M. ✱✱✱

Pour tous?

M. JOSEPH.

Oui, monsieur, pour tous, entendez-le, pour tous!

M. ✱✱✱

Très-bien! Alors quelle hiérarchie sociale peut-il exister entre gens libres et également instruits?

M. JOSEPH.

Celle du talent, monsieur.

M. ✱✱✱

De la sorte, plus on aura de talents, plus on aura de domestiques?

M. JOSEPH.

Monsieur, vous abusez!

M. ✱✱✱

De quoi, s'il vous plaît? Je vous demande très-carrément si le talent vous amènera des domestiques : Répondez?

M. JOSEPH.

Sans doute, monsieur.

M. ✱✱✱

Alors comment feront les maîtres qui ont moins de talents que leurs domestiques?...

M. JOSEPH.

Monsieur, je proteste!...

M. ✱✱✱

Protestez, monsieur Joseph; protestez, mais ne pataugez plus à travers les immortels principes de 89.

Qu'on soit payé davantage parce qu'on a plus de talents, c'est tout simple.

Que soi-même, en payant cher, on trouve à acheter des services, c'est encore possible.

Mais admettre que ma cuisinière s'empresse de me quitter pour entrer chez vous parce que vous êtes plus fort que moi sur les mathématiques, — c'est commettre un raisonnement à vous détacher les coudes des bras.

Le talent, ô Joseph! le talent. c'est l'argent!

Après l'abolition des privilèges,

L'abolition des castes,

L'abolition du droit divin,

L'abolition du droit du maître, c'est-à-dire du *droit de se faire servir* GRATIS; après tout cela, il ne reste plus que le *droit de l'argent*.

Tire-toi de là, je t'en défie.

Et encore, ô bonhomme! te faudra-t-il être poli, l'argent à la main; ce dont tu pouvais te priver avant les immortels principes dont tu découles. — Alors tu commandais le chapeau sur la tête; bientôt il te faudra donner des ordres à ton cordon-bleu aussi gracieusement qu'à ton agent de change : chapeau bas!...

III

DOUZE VARIÉTÉS DE DOMESTIQUES

Je ne vous ai parlé du domestique pour tout faire que comme espèce; il me reste à vous dire quelques mots de ses variétés principales.

LE DOMESTIQUE QUI FAIT LE NIAIS

Une variété commune, et de laquelle on ne se défie pas assez, est celle du *domestique qui fait le niais*. — Privez-vous d'avoir des enfants, si vous êtes obligé de la tolérer chez vous. Une épée de Damoclès suspendue au-dessus de leurs têtes offrirait moins de dangers pour les pauvres petits. En effet, le cheveu peut tenir bon : c'est une chance;

tandis que, avec un faux niais, il n'y a pas de chance pour que les malheureux y échappent.

LE DOMESTIQUE QUI FAIT L'ÉTONNÉ

Une variété que l'on trouve partout est celle du *domestique qui fait l'étonné.*

Son principe vénéneux n'est pas précisément actif; mais il tue à la longue. — Pour pouvoir la cultiver chez soi, il faut envoyer promener rendez-vous, affaires, plaisirs, et le reste.

Vous demandez votre chapeau gris à Jean :

— Quel chapeau, monsieur? Je n'ai jamais connu ce chapeau à monsieur.

Vous voulez ouvrir une armoire; la clé n'y est pas, vous la réclamez.

— Quelle clé, monsieur? Je n'ai jamais vu de clé à cette porte depuis que je suis chez monsieur.

Vous allez vous mettre en route : il vous faut faire une malle; — et, pour la faire, il faut la malle.

Vous dites à Jean d'aller la chercher.

— Une malle! quelle malle? Je n'ai jamais vu cette malle ici.

On vous attend pour sortir; c'est pressé, et il pleut; vous sonnez pour avoir votre parapluie.

— Le parapluie de monsieur? Je n'ai jamais

connu de parapluie à monsieur depuis que je suis à
son service.

Et cependant, c'est Jean qui a fourré le chapeau
dans quelque coin obscur ; c'est lui qui a cassé la
clé de l'armoire, et enfoui la malle sous un tas de
choses sans nom au fond du grenier.

Quant au parapluie, on n'a jamais pu savoir.

LE DOMESTIQUE QUI SE FAIT ATTENDRE

Pour les colères, je vous recommande une variété
spéciale : celle du *domestique qui se fait attendre*.

Si elle ne vous en procure pas, j'irai le dire à
Rome.

LE DOMESTIQUE QUI CASSE EXPRÈS

Une variété chère est celle du *domestique qui casse
exprès*.

LE DOMESTIQUE QUI CHERCHE A SE FAIRE RENVOYER

Une variété qui se *propage* est celle du *domestique
qui cherche à se faire renvoyer*.

Elle se greffe avec avantage sur la suivante.

LE DOMESTIQUE QUI VOUS POUSSE A BOUT
SACHANT QU'ON NE LE RENVERRA PAS

Cette variété réussit mal chez les personnes d'ordre et d'économie ; mais elle pousse vigoureusement dans les maisons où l'on va vite. Exemple : vous êtes insulté par votre valet, et vous avalez l'outrage, parce qu'il vous manque un billet de cinq cents francs que vous lui devez.

LE DOMESTIQUE QUI VOUS VEXE DEVANT DES
ÉTRANGERS DE DISTINCTION

Elle ne diffère de la précédente que par ses feuilles panachées. C'est une variété que l'on rencontre toujours chez les bourgeois qui veulent faire du genre ; avec peu *de quoi,* malheureusement pour eux.

LE DOMESTIQUE QUI PARFUME VOS HABITS

Une variété très-commune, et qui a toujours la

6

vogue, est celle du *domestique qui parfume vos habits
à l'essence de crottin de cheval :*

C'est l'odeur qu'ils prennent à l'écurie, où Jean
les nettoie avec la brosse aux harnais.

Dame! quand on fait tout, le pansage et les appartements!

LE DOMESTIQUE QUI SE VENGE DANS L'OMBRE

Une variété à épines (en latin *ferox*) est celle du
domestique qui se venge dans l'ombre.

Elle est d'autant plus dangereuse que, ses dards
ne piquant que la nuit, on ne les soupçonne pas
d'avoir fait les blessures. Il en résulte de fâcheux
désordres, puisque l'on attribue au mal une cause
qui n'est pas la vraie; examinons :

La soupe est cousue de cheveux; — ne croyez
point que ces poils y soient tombés par hasard, et
d'eux-mêmes.

Le vase étrusque est brisé; — ne vous imaginez
pas qu'il ait glissé maladroitement entre les doigts
de Jacques.

Aimez-vous l'eau? buvez-en, mais ne croyez pas
que votre alezan se soit déhanché tout seul, dans
sa stalle, sans sortir de l'écurie.

Et si vous trouvez que votre infusion du soir
exhale un parfum prêtant aux conjectures; avant

d'en attribuer le mérite exclusif au thé de la *Cara-vane*, assurez-vous si une bonne en colère n'aura pas eu l'idée d'aller prendre son eau chez madame.

LE DOMESTIQUE QUI PARLE DE SES PRINCIPES

Une bien belle variété : veillez !

LE DOMESTIQUE QUI VOUS A RENDU TANT DE SERVICES

Une variété à laisser coucher dehors est celle *du domestique qui vous a rendu... tant de services !*

Cette variété parle, — sa voix de trial est toujours d'une gamme au-dessus du ton. Essayez à dire *Monsieur*, en montant d'une octave... Vous y êtes... Dites encore : *Je suis tout au service de Monsieur et de ses amis*, très-bien !

Un paysagiste, en quête d'études, étant venu à passer par notre endroit, s'y installa... comme s'installent les peintres en voyage. — Nous fîmes connaissance. — Un jour, mon artiste prit une courbature, et fut obligé de garder le lit : on le soigna. — La sueur vint ! sauvé ! sans aucun doute sauvé ; mais, quand la transpiration se déclare, il faut changer et rechanger de flanelle, et avoir cons-

tamment à son côté un aide qui vous passe le linge
sec et vous débarrasse du linge humide. Je ne
pouvais être perpétuellement cet aide.

Mais Réséda se prétendait si dévouée à moi et à
mes amis, que je l'installai tout naturellement au-
près du malade.

RÉSÉDA, *entrant.*

(Une octave et demie au-dessus du ton normal.) Me
voici, monsieur l'*artisse;* je suis venue pour aider
monsieur à changer.

LE PEINTRE.

Je le sais; asseyez-vous là.

RÉSÉDA.

C'est que je n'ai rien à refuser à monsieur; et
quand monsieur voudra changer...

LE PEINTRE.

Oui, tout à l'heure; veuillez attendre encore un
instant.

RÉSÉDA.

Pour lors, je m'en vais déjeuner; et quand monsieur *sera tout à fait en transpiration,* il n'aura qu'à
se lever, à ouvrir la fenêtre, et à m'appeler, ou à
me faire seulement signe; je serai à table, monsieur
me verra bien, en se penchant; car je n'ai rien à
refuser à monsieur. Allons, bonjour, monsieur l'artisse, ne vous remuez pas, à cause de l'air; je m'en

vais.... la soupe froidirait ; et quand monsieur voudra changer...

. . . .

J'arrivai sur ces entrefaites, et heureusement.
Sans quoi, mon peintre mourait d'une fluxion de
poitrine, grâce au dévouement de Réséda.

LE DOMESTIQUE QUI DIT TOUJOURS OUI

ET FAIT SANS CESSE NON

Voici le bouquet ; la variété par excellence : celle
du *domestique qui dit sans cesse oui, et fait toujours
non.*

— Eugène, as-tu renfermé les chiens?

— Oui, monsieur.

(Ce n'est pas vrai, les chiens aboient dans la cour.)

— Eugène, as-tu ciré mes bottines ?

— Oui, monsieur.

— Va me les chercher.

— Ah ! j'oubliais qu'il y en avait encore une à
faire.

J'avais blessé une buse (très-gros oiseau de proie
de la famille de l'épervier). La buse guérit et s'appri-

6.

voisa : je ne l'eusse pas donnée pour cent écus. —
(En Saintonge, cet oiseau est appelé *cossarde*, ne me
demandez pas pourquoi.)

— Eugène, as-tu fait manger la cossarde ?

— Oui, monsieur.

Etait-ce, n'était-ce pas vrai ? Je présentais quand
même de la viande à la buse, et celle-ci la dévo-
rait.

Je m'absentai pendant quelques jours : quand
je revins, je trouvai la cossarde morte : morte de
faim.

(Je fis semblant de n'en rien savoir.)

— Eugène, as-tu fait manger la cossarde ?

— Oui, monsieur.

LE LENDEMAIN.

— Eugène ? Et la cossarde ?

— Monsieur, elle a mangé.

LE SURLENDEMAIN (et pendant deux semaines,
mêmes questions et mêmes réponses).

Le quinzième jour, j'étais exaspéré ! — Je me
contins ; je voulais voir la suite.

— Et que lui fais-tu donc manger à cet oiseau ?

— De la viande, monsieur.

— De laquelle ?

— De la viande de la cuisine.

— Dorénavant... tu ne lui donneras que du foie
frais.

— Oui, monsieur.

(Et pendant quinze jours, chaque matin, il me réclamait deux sous pour l'achat du foie destiné à l'oiseau.)

Cela durait depuis un mois!

J'avais pu concentrer mon ressentiment, je ne pus contenir mon admiration.

— Eugène, tu es un misérable! la cossarde est *morte!*

— Oh! pour ce que monsieur y tenait...

— Qu'oses-tu dire, assassin!

— Si monsieur y avait tenu, il aurait continué à la faire manger *lui-même.* — Quand j'ai vu que monsieur aimait autant me la laisser soigner... j'ai dit : *Maintenant, rien n'empêche qu'elle crève!*

Eugène est domestique pour tout faire.

IV

LE REPAS DES DOMESTIQUES

Ils sont à table, ils mangent, ils boivent, ils causent.

— Que disent-ils?

— Du mal du maître.

— Après?

— Du mal du maître.

— Enfin?

— Du mal du maître. Vous ne me croyez pas? Écoutez! . . . .

. . . .

. . . .

Vous ne les entendez pas? Ah! les brigands! canailles, assassins!...

— Quoi donc! qu'est-ce qui vous prend?

— Je vais tous les flanquer à la porte!

— Bah! laissez-les donc dire.

— Comment! ils ont raison?

— Non, sans doute; mais vous auriez tort de les renvoyer aujourd'hui pour les reprendre demain. Vous ne pouvez pas vous passer d'eux, ils le savent; et de nouveaux seraient tout pareils.

V

L'AIR DE LA MER

Est-ce le voisinage de l'Océan? Ne serait-ce pas plutôt l'influence d'une sorte de *Casino-Cadet* ré-

cemment installé dans le principal faubourg de la
ville? C'est l'un ou l'autre; peut-être bien l'un et
l'autre.

Que votre qualité de fonctionnaire vous oblige à
transporter vos pénates dans ce port maritime, et
vous le saurez.

Il s'agit d'abord de se procurer une domestique:
la gent n'y est pas rare, pas du tout; mais... — Il
y a un Mais? — Et un corcé: interrogez madame.

SCENE

Madame. — La Bonne.

MADAME.

Vous êtes la personne en question et vous désirez
vous placer?

OLYMPE.

Oui, madame.

MADAME.

Vous avez été avertie de ce qu'il y a à faire chez
moi, et de ce que vous y devez gagner: cela vous
convient?

OLYMPE.

Oui, madame.

MADAME.

Les renseignements que l'on m'a donnés sur

vous me semblent satisfaisants ; je vous prends
donc à mon service. Vous pouvez commencer...
(*La bonne secoue la tête.*) Eh ! bien ! qu'y a-t-il ?

OLYMPE.

Madame est étrangère et ne connaît peut-être pas
nos usages.

MADAME.

Quels usages ?

OLYMPE.

Si madame ne pouvait point se passer de moi le
dimanche, il serait inutile de terminer marché.

MADAME.

Me croyez-vous capable de vouloir vous séquestrer
comme une esclave ? Non ! vous pourrez sortir le
dimanche après vos affaires faites, pourvu que
vous soyez rentrée de bonne heure.

OLYMPE.

C'est bien sur l'heure que je crains de ne pouvoir
m'entendre avec madame, car si je consens à ne
sortir qu'après mes affaires faites, le dimanche,
c'est à la condition de ne rentrer que le lundi.

MADAME.

Comment ! vous avez la prétention de découcher ?

OLYMPE.

Oui, madame.

MADAME.

Votre famille demeure donc ici?

OLYMPE.

Non, madame.

MADAME.

Alors, où coucheriez vous?

OLYMPE.

Là-dessus je n'ai pas de compte à rendre à madame.

MADAME.

Ciel! quel pays! quelles mœurs! Non, jamais je ne consentirai à cela.

OLYMPE.

Je regrette d'avoir inutilement dérangé madame. *(Elle sort.)*

Le lendemain, la dame fut bien obligée d'y mettre les pouces.

V I

CONDITIONS FAITES PAR Mme R***

A SA DOMESTIQUE

« Écoutez, Rose : je ne vous demanderai rien en
» dehors de votre service ; mais je vous préviens que,
» si vous deveniez enceinte chez moi, et que vous
» laissiez passer le troisième mois sans m'en
» avertir, vous perdriez trois mois de vos gages. —
» Maintenant, allez! »

C'est une des rares femmes bien servies que je
connaisse.

VII

UN EXPLOIT

L'an mil huit cent soixante-six et le trois avril,

A la requête du sieur Jean M..., cultivateur, demeurant et domicilié à la Chapelle-des-Pots,

Je soussigné, X..., huissier-audiencier aux tribunaux séant à Saintes, y demeurant.

Certifie avoir au sieur François Q..., propriétaire, demeurant à la Chapelle-des-Pots,

Dit et déclaré que, le vingt-neuf septembre dernier, le requérant est entré chez lui en qualité de domestique pour quatre jours par semaine, jusqu'au vingt-quatre juin prochain, à raison de cent soixante-dix francs payables en sortant ; que le requérant a toujours fait son service convenablement et qu'il est prêt à le continuer ainsi ; mais que le sieur Q... ne remplit pas ses devoirs de maître, en ne nourrissant pas son domestique d'une manière convenable pour un homme de peine.

En conséquence, sommation lui est faite d'avoir, à l'avenir, à donner au requérant une nourriture confortable et dans les règles ordinaires aux gens de sa condition ; à défaut de quoi, déclaration lui est faite qu'il abandonnera son service, et se pourvoira pour obtenir le payement de ses gages et de justes dommages et intérêts.

Sous toutes réserves.

Dont acte :

Coût : neuf francs quarante centimes.

Délaissé copie des présentes pour ledit sieur Q..., en son domicile et parlant à la personne de Charles R..., son ouvrier ainsi déclaré.

Signé : X...

Enregistré à Saintes, le six avril mil huit cent soixante-six, folio 83 verso, case 6. Reçu deux francs, décime et demi trente centimes.

Signé : R. DU MAROUSSEM.

LE PAYSAN MALGRÉ LUI

E.B.

(Page 89.)

— . . . Je l'ai connu tiré à quatre épingles ; il embaumait.
— Et maintenant il sent l'ouaille. »

LIVRE TROISIÈME

VILLÉGIATURE BOURGEOISE

I

L'ENQUÊTE

UNE ANNONCE

Scène première

Un monsieur. — Un journaliste.

LE JOURNALISTE.

Que désirez-vous?

LE MONSIEUR.

(Il présente un papier). Faire insérer ceci dans votre estimable gazette.

LE JOURNALISTE.

Encore pour un domestique? (*Le monsieur sourit approbativement*). Si les demandes continuent, il nous faudra bientôt faire paraître un supplément. (*Il lit.*) « On voudrait pour la campagne... » Pour la campagne? (*Le monsieur sourit toujours.*) Croyez-moi, biffons *la campagne*, et écrivons *pour la ville;* ou bien, dans six mois, vous ne serez pas plus avancé qu'aujourd'hui. (*Il reprend à lire.*) « On demande pour la ville un homme habitué à la culture... » A la culture! (*Le monsieur sourit.*) Diable! c'est une autre affaire; bah! laissons *pour la ville.* (*Il lit.*) « Connaissant le jardinage, sachant conduire les chevaux, et pouvant au besoin... » Au besoin! Effaçons vite! (*Il lit.*) « Ses gages... » Ses gages! Mais ce mot-là est maintenant une insulte; je ne l'imprimerai pas; l'homme que vous demandez appartient à la classe des cultivateurs, c'est-à-dire à la portion la plus nombreuse et la plus solide de ma clientèle, et j'ai tout intérêt à ménager sa susceptibilité. Ses gages! Y pensez-vous? Mettons *traitement considérable*, et attendez.

LE MONSIEUR.

Attendrai-je longtemps? Une huitaine?

LE JOURNALISTE.

Huit jours! dites-donc huit semaines! Deux mois et demi à trois mois; et encore...

LE MONSIEUR.

Et comment ferai-je pendant tout ce temps-là?

LE JOURNALISTE.

Hé! vous jardinerez; vous panserez votre cheval, vous cultiverez; et au besoin...

LE MONSIEUR.

Mais je n'ai pas été élevé à faire cela, monsieur.

LE JOURNALISTE.

Et moi, croyez-vous que j'aie été élevé pour faire
un journaliste?

DANS LA RUE
Scène deuxième

Le précédent monsieur. — Un autre.

PREMIER MONSIEUR.

Vous ici?

L'AUTRE.

Il le faut bien! Adieu...

PREMIER MONSIEUR.

Comme vous êtes pressé!

L'AUTRE.

Oui. Excusez-moi si je vous quitte.

PREMIER MONSIEUR.

Non! Pas avant que je vous aie conté ce qui m'arrive. (*Il lui fait part de ses embarras domestiques.*)

L'AUTRE.

Vous vous moquez, mon cher. Eh quoi! c'est parce que votre cocher vous quitte, parce que votre jardinier vous laisse, que vous vous battez les flancs! Que diriez-vous donc si, comme moi, vous aviez dix bœufs à l'étable, et pas un valet de charrue pour les panser, ni pour les mettre au joug, ni pour les mener au labour; et si, en outre, vous aviez cent arpents de vignes attendant leurs façons et dont pas une moitié n'est taillée!... Un cocher? quel luxe! Un jardinier? quel faste! Rien que d'y songer, j'en sue. Ah! mon Dieu! tenez, sentez mes mains, j'infecte, je pue le fumier; ma femme me boude, et cependant il faudra bien qu'elle arrive à me donner un coup de main : on ne peut pas laisser crever ses bêtes. Adieu, je me sauve; il me faut trouver du monde, coûte que coûte; je cours au bureau du journal.

PREMIER MONSIEUR.

Et moi j'en sors.

LE TOCSIN
Scène troisième.

Et de deux; et de dix; et de cent; et de mille aussi embarrassés les uns que les autres.

Pauvre bourgeoisie! qui n'as pas vu ce qui te pendait à l'oreille.

Pauvres bourgeois! qu'avez-vous fait depuis quinze ans?

On vous a dit : Dormez, la garde veille; et vous avez dormi.

Mais d'autres ont veillé.

Et ceux qui veillaient ont grandi.

Et ceux qui ont grandi ont avancé.

Et vous qui dormiez, vous n'avez ni grandi, ni avancé; ni vu grandir et avancer les autres.

Et ceux qui ont grandi et avancé cultivaient les propriétés de la bourgeoisie.

Mais voici qu'ils ont dit au bourgeois : « Nous » n'avons plus besoin de cultiver les terres qui » sont à toi; parce que, maintenant, nous avons » des terres à nous. Il nous convient donc de cul- » tiver le nôtre et laisser là le tien. »

Et le bourgeois qui avait dormi pendant quinze ans ne pouvait en croire ses oreilles.

Et il se dit : « Comment ferai-je pour vivre désormais ? »

Alors, fou de terreur, il se mit à pousser une clameur immense :

L'ENQUÊTE !

L'enquête ! Il nous la faut ; nous la voulons ; donnez-nous l'enquête !

Et dans les quarante mille communes de l'empire on ouvrit une enquête sur les événements *qui avaient dû s'accomplir* pendant le sommeil de la bourgeoisie.

II

QUELQUES DÉFINITIONS

DE LA CAMPAGNE RUSTIQUE

— Pourquoi ces définitions?

— Je les donne pour montrer *là où* la bourgeoisie campagnarde, forcée de se passer de domestiques, pourra ou ne pourra pas continuer à vivre de la vie bourgeoise. Ces définitions sont réelles et totalement inconnues aux portiers et aux abonnés des *Petites-Affiches*.

LA CAMPAGNE SELON MON PORTIER

— M. Corbineau est-il chez lui?

— Il est parti pour la campagne.

— Son adresse, s'il vous plaît?

— A Lyon, place de Bellecour, 17, au troisième.

LA CAMPAGNE D'UN ABONNÉ DES PETITES-AFFICHES

— Vous dites avoir acheté une campagne?

— Et j'ai fait un marché d'or.

— Mais où donc?

— Rue des Réservoirs, à Versailles.

UN FEU

Un feu est une modeste habitation isolée.

UN HAMEAU

Un hameau est l'agglomération de quelques feux.

UN VILLAGE

A mesure que le hameau se peuple et se bâtit, il

prend le nom de village. De ce moment, on peut circuler autour des maisons, par des sentiers qui osent s'appeler des rues. Il est bien entendu que le village n'a pas d'église,

Pas de presbytère,

Pas de maison d'école,

Pas de bureau de tabac,

Pas de café, si ce n'est un modeste cabaret à pomme de pin,

Et pas d'auberge.

UN BOURG

Le bourg, ou chef-lieu de la commune, a l'honneur de contenir tous les établissements ci-dessus désignés (voyez VILLAGE); c'est au bourg qu'est édifiée la maison commune ou mairie.

UNE CAMPAGNE

Une campagne est une propriété de fantaisie, située un peu partout, excepté en ville. Lorsqu'une campagne (fût-elle entourée d'un jardin) est enclavée dans un village, ce n'est plus qu'une maison de campagne. On y va en partie de plaisir, ou à peu près. Passons! Ce n'est pas la campagne.

LE CHATEAU

Le vrai château exige un grand entourage de
terres, généralement cultivées à grands frais, pour
l'agrément du millionnaire. Ce n'est pas là qu'habite
le bourgeois.

LE DOMAINE

Arrêtons-nous ici !

Nous voilà en pleine bourgeoisie : saluez ce monsieur en sabots.

Il fut riche et considéré. Il faillit se croire noble,
ou du moins il songea presque à le devenir; alors
il dormait la grasse matinée.

Maintenant, couché après, levé avant tout le
monde; recouvert d'une veste crasseuse; ayant la
face noire, les mains rouges, la barbe longue, les
cheveux gras et les dents jaunes, il bêche, il taille,
il fauche, il plante, il herse, il laboure; il fait assaut
de forces avec ce qui lui reste de domestiques.

Hier il tenait la charrue; demain vous le verrez,
au beau milieu du champ de foire, plein d'ardeur
à tâter les moutons et à encorner les bœufs.

— Pour son plaisir ?

— Hein! Pour tâcher d'empocher une cinquan-
taine de francs sur le marché qu'il projette.

— Quelle dégringolade! Mais, je m'en souviens,
c'était la fleur de nos dandys (on ne disait pas encore gandin). Je l'ai connu tiré à quatre épingles :
il embaumait.

— Et maintenant il sent l'ouaille.

— Et madame supporte cela?

— Écoutez ce bout de conversation :

GASTON.

Hortense!

HORTENSE.

Mon ami?

GASTON.

Devine combien j'ai vendu la Merlette?

HORTENSE.

O ! pas cher!

GASTON.

Tu crois? Eh bien! je l'ai vendue quarante-cinq
pistoles.

HORTENSE.

Quatre cent cinquante francs! une vache si mauvaise laitière!

GASTON.

Que ça ne t'inquiète pas ; j'ai su lui en procurer, du lait.

HORTENSE.

Comment ?

GASTON.

Depuis trois jours j'empêchais qu'on ne lui en tirât ; aussi avait-elle peine à se traîner, tant son pis était devenu énorme.

HORTENSE.

Quel vilain moyen ! Mais cela ne faisait pas qu'elle valût tant d'argent.

GASTON.

Et son veau !

HORTENSE.

Quel veau ? Tu as vendu le sien au boucher il y a plus de trois semaines.

GASTON.

Et celui que je lui ai acheté ce matin, sur la route, avant d'entrer en foire ?

HORTENSE.

Pour faire croire qu'elle était encore nourrice ?

GASTON.

Et non ! j'allais me gêner.

HORTENSE.

Tu as fait cela! Mais c'est tromper le monde!

GASTON.

Bah! puisque tout le monde le fait.

HORTENSE.

Ce n'est pas une raison.

GASTON.

Est-ce qu'on le saura?

HORTENSE.

Et si tu étais pris? Vois quelle honte pour nous!

GASTON.

Qui veux-tu qui me prenne? Je n'ai pas dit mon nom.

HORTENSE.

Risquer d'être appelé voleur pour quatre cent cinquante francs!

GASTON.

Ce sera le plus clair de notre revenu.

— Eh bien! ils sont d'une jolie force, les bourgeois de votre pays.

— Ils sont un peu comme ceux de partout.

— Et vous les plaignez!

— Je les plains sans les plaindre; je dis seule-

ment qu'ils ont fait comme les *enfants des prêtres :
ils ont mangé leurs meilleurs morceaux les premiers* [1], et de bourgeois qu'ils sont encore à peu
près, il va leur falloir cesser de l'être. — Je dis qu'un
bourgeois, même celui qui met la main à l'œuvre,
même celui qui a l'habileté de vendre pour sains
des bœufs caducs et épileptiques, ne peut pas cultiver SON DOMAINE avec ses seuls bras.

— Alors qu'il le fasse cultiver par d'autres !

— Par qui?

— Par des *bras mercenaires*.

— Il n'y en a plus.

— Il y a donc disette de bras?

— Nullement, ils abondent, mais ils ne veulent
plus être mercenaires.

— Chez vous, c'est possible; mais ailleurs?

— Ailleurs, ce sera bientôt comme ici.

— Que sont devenus les cultivateurs mercenaires?

— Ils sont devenus *propriétaires*. Ils cultivent leur
sol, leur petit domaine, qui prend tout leur temps
et ne leur permet pas de louer leurs bras.

— Alors ce sont des bourgeois?

— Non, ce sont des cultivateurs.

— Que le bourgeois ne fait-il comme eux! Qui
l'empêche de cultiver son domaine avec ses deux
bras?

[1] Proverbe saintongeois.

— Qui l'empêche? Mais tout : son éducation, ses antécédents, son tempérament, ses forces, son courage et toutes ses habitudes.

— Bah! bah! les habitudes se perdent!

— Les bonnes, oui. Enfin, soit! Vous le voulez et je vous le concède; mais le domaine se perd-il? Le domaine bourgeois ne reste-t-il pas encore vingt fois trop étendu pour être fait par les deux bras de son propriétaire?

— Que le bourgeois en vende alors tout ce qu'il ne pourra pas cultiver lui-même.

— Il le vendra : et après?

— Il gardera le reste.

— Mais ce reste ne constituera plus un domaine.

— Qu'importe?

— Il importe qu'un propriétaire sans propriété est un bourgeois sans bourgeoisie.

— Mais pourtant, s'il faut que le domaine soit petit pour pouvoir être cultivé par son maître?

— Le petit domaine ne fait pas le bourgeois, il fait le paysan.

Je reviens à ma définition :

Le domaine bourgeois, tel qu'il se comporte encore, est une exploitation du genre mixte.

La maison d'habitation, parfois élégante et considérable, est autant que possible bâtie au centre de la propriété; c'est-à-dire qu'elle est isolée, et qu'elle se trouve distante des habitations voisines, distante des hameaux, villages et bourg voisins.

Par suite de cet isolement, quiconque des habitants du domaine, maître ou valets, veut se procurer l'agrément de tailler une bavette est obligé d'effectuer un déplacement, et quelquefois un voyage dans les environs : autrement dit, on ne peut pas y voisiner sur place. — Inconvénient énorme.

Qu'un domestique, de ceux que les forts traitements décident encore à servir, vous entende dire que votre propriété est isolée, et immédiatement il s'empressera de vous tourner le dos. Ne lui parlez plus d'argent. *Pas de voisins, pas de domestiques.*

III

LA PROPRIÉTÉ DE M. PIERRE

SUR LA ROUTE

Un touriste. — Un paysan.

LE TOURISTE.

Excusez, mon ami, si je vous dérange; vous êtes du pays sans doute?

LE PAYSAN.

Oui, monsieur, je demeure au village d'à côté!

LE TOURISTE.

A qui appartient cette belle propriété, là-bas devant nous?

LE PAYSAN.

A M. Pierre.

LE TOURISTE.

Est-il riche, ce M. Pierre?

LE PAYSAN.

Très-riche.

LE TOURISTE.

Cependant, j'ai cru remarquer que quelques-unes des terres étaient négligées?

LE PAYSAN.

Oh! ce n'est pas étonnant. M. Pierre n'a plus de domestiques.

LE TOURISTE.

Et vous disiez qu'il était riche?

LE PAYSAN.

C'est vrai aussi, mais ce n'est pas une raison pour qu'il trouve à se faire servir; *personne ne veut plus aller domestique.*

LE TOURISTE.

Mais en les payant cher

LE PAYSAN.

Oh! ça n'y ferait rien; il aurait beau les payer encore plus cher : *l'esprit n'y est plus.*

LE TOURISTE.

Alors comment fera M. Pierre?

LE PAYSAN.

Il fera comme les autres.

LE TOURISTE.

Cela lui est impossible; car il n'a pas été habitué,

comme vous, à tenir le manche de la pioche ; aussi le trouvé-je plus à plaindre que vous.

LE PAYSAN.

C'est, ma foi, vrai !

LE TOURISTE.

Vous convenez donc qu'il n'est pas heureux ?

LE PAYSAN.

Oui.

LE TOURISTE.

Il a bien de la bonté !

LE PAYSAN.

Pourquoi, monsieur ?

LE TOURISTE.

Parce que, si j'étais lui, je vendrais ma propriété.

LE PAYSAN.

Et à quel acquéreur ?

LE TOURISTE.

A n'importe lequel.

LE PAYSAN.

Il faudrait d'abord en trouver un.

LE TOURISTE.

L'argent est donc rare dans l'endroit ?

LE PAYSAN.

L'argent ! Non, il n'est pas rare ; mêmement que nous autres, les voisins à M. Pierre, nous avons pensé à le lui acheter son *bien,* entre nous ; mais comme à présent il faut que chacun fasse tout par soi-même, et que chacun de nous a assez de propriétés; et qu'une acquisition de surplus nous mettrait dans le pareil embarras où se trouve M. Pierre, — ma foi, nous y avons renoncé.

LE TOURISTE.

Alors que va devenir cet infortuné bourgeois?

LE PAYSAN.

Je n'en sais rien.

LE TOURISTE.

Mais sa propriété va se détériorer.

LE PAYSAN.

Elle ne s'arrange pas tant déjà.

LE TOURISTE.

Il faut que je voie ce M. Pierre.

CHEZ MONSIEUR PIERRE

Une cour dessinée à l'anglaise. — Les pelouses sont d'un bon style; mais le gazon n'en est pas tondu, et l'herbe déborde sur le sable des allées. — La maison est bien campée; bien bâtie.

Pas de chien qui aboie pour m'annoncer; la porte du vestibule est ouverte. J'entre, et je me trouve en face d'une jeune femme en train d'écosser des pois. — Elle est jolie; coiffée avec goût; mais vêtue! ô mon Dieu! Et chaussée! Pauvre enfant! Ce doit être la femme de chambre..... Cependant elle a rougi bien fort. — Je lui demande si M. Pierre est visible ; — elle m'engage à m'asseoir, et elle sort pour aller à sa recherche.

Le mobilier est confortable, élégant même ; mais que de poussière et de toiles d'araignées.

MONSIEUR PIERRE

LE TOURISTE.

C'est à Monsieur Pierre que j'honneur de parler.

M. PIERRE.

Oui, monsieur.

LE TOURISTE.

On m'a dit que votre propriété était à vendre.

M. PIERRE.

Mon Dieu ! monsieur, est-elle à vendre, ne l'est-elle pas ? Je n'en sais rien. J'ai dit que je la vendrais... dans un moment d'humeur... — Et vous voulez acheter ma propriété ?

LE TOURISTE.

J'en cherche une.

M. PIERRE.

Vendre cette propriété ! que j'ai créée, que j'ai bâtie, que j'ai améliorée, que j'ai agrandie ; ah ! c'est affreux d'y songer... Cependant la position qui nous est faite est si extraordinaire, si bizarre, si périlleuse... Mais voyons ! Vous, monsieur, vous avez donc un moyen pour trouver du monde ? Vous possédez alors un secret, un système, quelque chose ?... Tenez, vous voyez devant vous l'être le plus malheureux ! Vous dire les pièces de cent sous que j'ai entassées ici, par cent et par mille ; les travaux que j'ai fait exécuter ; les privations que je me suis imposées depuis quinze ans ! Et cela pour arriver à voir tout s'effondrer.

MADAME PIERRE

M. PIERRE, *continuant.*

Et ma femme, que vous avez trouvée ici tout à l'heure, et que vous avez prise pour la cuisinière... Oui, monsieur, ne vous en cachez pas ! Et pourquoi ne l'eussiez-vous pas prise pour une servante ? Ne l'est-elle pas par le fait ; n'est-elle pas sa seule et unique domestique, puisque nous n'avons plus personne pour nous servir ? Pauvre femme ! Ah ! si je l'avais écoutée ! Mais pouvais-je l'en croire, lorsqu'elle me disait que je ferais mieux de placer mon argent que *de prêter à la terre !*

— Tu n'y entends rien, lui répondais-je ; et puis, de quoi te plains-tu ? Nous y vivons heureux, n'est-ce pas assez : rien ne t'y manque, je pense ?

— Sans doute, faisait-elle, mais...

— Mais quoi ? répliquais-je ; si plus tard nous n'en voulons plus, nous la vendrons deux fois ce qu'elle

vaut aujourd'hui ; ne sais-tu pas que l'argent diminue
de valeur en proportion que celle de la terre augmente ?

Imbécile que j'étais ! Ce que lui disais, on me
l'avait dit, et je le répétais ! Plein de confiance et de
sécurité, je dormais ! Et je prêtais à la terre sans
prévoir qu'un jour viendrait où *cette terre* ne serait
en mesure de rendre à son prêteur QUE S'IL POU-
VAIT LA CULTIVER LUI-MÊME !

IV

LE PAYSAN MALGRÉ LUI

UNE VÉRITÉ PASSÉE

Et d'abord, je pose en fait que, sans serviteurs, le
bourgeois ne pourra plus vivre sur sa terre ; — par-

9

tant, qu'il ne pourra plus vivre à la campagne, dans
les conditions d'aisance *qui font que l'on est un
bourgeois*.

— Mais vous faites confusion ; quand on voit ses
revenus diminuer, *il est admis* que l'on doit *quitter*
la ville pour habiter la campagne, afin d'y réaliser
des économies. Il en a été ainsi de tout temps, me
direz-vous.

— Jadis !

— Oseriez-vous dire que la vie est moins chère à
la ville qu'à la campagne?

— Absolument? non. Relativement? oui. Je
m'explique : un bourgeois à la bourse plate, qui
voudra se retirer à la campagne, et y devenir paysan,
y vivra moins chèrement qu'à la ville ; mais le bourgeois qui croira suffisant de se retirer à la campagne pour y trouver une existence plantureuse à
bon marché ; celui-là fera fausse route et faux
calcul : non-seulement il y vivra plus mal et plus
chèrement qu'à la ville, mais bientôt il ne pourra
même plus y vivre... à moins qu'il ne se résigne
à fouler aux pieds le décorum de la vie bourgeoise.

A la ville, le bourgeois peut rigoureusement se
passer de domestiques ; à la campagne cela lui est
matériellement impossible : s'il arrivait à pouvoir
s'en passer, il cesserait d'être bourgeois, il deviendrait paysan, ce serait un paysan.

— Vous tenez donc bien à ce que le bourgeois
devienne paysan?

— Moi! Mais c'est tout le contraire; *je fais mon
possible pour l'en empêcher;* c'est lui, c'est le bourgeois qui s'obstine à ne pas voir qu'il deviendra
PAYSAN MALGRÉ LUI, si, dans les circonstances où
il se trouve empêtré, il persiste à vouloir habiter la
campagne : la vraie, *la campagne agricole.*

TABLEAU DE LA VIE CHAMPÊTRE

— Mais qu'entendez-vous par devenir paysan?

— J'entends travailler pour manger. Faire tout
ce que fait le paysan. Gagner son pain à la sueur de
son front. Renoncer à tous les bonheurs super-
ficiels. Renoncer à la douceur de l'épiderme. Renoncer aux ongles propres et au linge fin. Voir tout
son temps absorbé par les rudes travaux manuels
auxquels on n'a été ni fait, ni préparé, et que le
paysan exécute, sinon sans fatigues, du moins sans
courbatures, tout naturellement, au grand air, au
froid, à la pluie, au soleil; sans pitié pour sa face
qui se bronze, son dos qui se voûte et ses mains qui
s'écaillent.

— Eh! quoi! le bourgeois deviendra paysan à ce
point?

— A ce point me plaît! Ainsi, vous trouvez exorbitants les labeurs de ce bonhomme qui vous semble devoir épuiser sa vie à cultiver son petit domaine; mais songez donc à l'énergie mille fois plus grande dont le bourgeois devra faire preuve; songez aux monstrueux travaux qu'il devra exécuter, pour pouvoir venir à bout d'une exploitation cinquante fois plus considérable que celle du paysan, — alors qu'il n'aura, comme l'autre, que ses deux seuls bras pour tous serviteurs.

IDYLLE

J'ai parlé du *hameau*. C'est là que le paysan demeure. Voici une chaumière dont la porte est ouverte : entrons.

L'habitation ne se compose que d'une chambre qui sert à tous les usages ; mais quand la chambre a reçu le coup du balai, elle est faite; et quand l'homme a fini sa journée, il rentre et se repose.

Or, dites-moi, l'ami, si, à son retour des champs, le bourgeois veuf de ses valets pourra aussi se reposer? Non, quand il rentre, les bœufs rentrent aussi, et ils doivent manger avant que le maître ne s'asseye.

— C'est fait !

— Non, pas encore ; il reste à donner un coup

d'arrosoir aux fleurs de madame : c'est bien le moins que Gaston ait pitié du dernier luxe d'Hortense, obligée de faire la cuisine et de tenir la maison en état. C'est maintenant qu'elle sait le temps qu'il fallait à sa bonne pour frotter le parquet et secouer les tapis.

Enfin ! c'est terminé ! Les deux époux se lavent les mains et se mettent à table. Ils se regardent sans parler. Ils voudraient pouvoir sourire. Ah ! c'est qu'ils ne l'ont plus le temps de se bouder. Pauvre femme ! elle n'a pas trente ans, on lui en donnerait quarante-cinq. Et lui, l'ex-beau, s'il se voyait !

Ils ont faim. Ils mangent. Ils dévorent. Ils mangent leur pain à la sueur de leur front. . . . . .

. . . .

— Mais cet état de vie est navrant !

— Oui ; et je leur conseille d'en changer au plus vite.

— Et que deviendront les propriétés ?

— Elles deviendront les propriétés de ceux qui pourront les cultiver.

— Et que deviendront les bourgeois ?

CE QUE DEVIENDRA LE BOURGEOIS

Le bourgeois, après s'être débarrassé de son domaine, en gros ou en détail, prendra son essor vers les *agglomérations* pour y chercher un domicile.

Il traversera le *hameau* sans s'y arrêter.

Le *village* ne le tentera pas davantage : là, point de maisons dignes d'un bourgeois, et pas de services à louer.

Au *bourg* il pourrait faire une halte : point de rues pavées; pas de trottoirs; pas de réverbères; pas de toilettes à faire : les sabots, la vareuse; et le dimanche un paletot. — Entrons à la boucherie; on y tue la moitié d'un mouton chaque samedi. Quant à la boulangerie, les fournées y sont bi-hebdomadaires. Ainsi, du pain et presque de la

viande, c'est toujours autant de trouvé. Ajoutez la
société de l'instituteur ; le voisinage de M. le des-
servant ; la bière, le café, l'épicerie et le tabac de
M. le receveur-buraliste. En outre, le sacristain
sciera votre bois, et *son épouse* fera votre ordinaire.

Les œufs frais abondent à FONT-COUVERTE et les
poules y courent les rues.

Êtes-vous marié? Madame se fera des amies des
femmes de l'endroit, pour peu qu'elle sache dis*
tribuer à propos de l'onguent pour les plaies et de
l'eau souveraine pour les maux d'yeux. Elle trouvera dans les mères de bonnes lessiveuses et dans
les filles de médiocres lingères.

Ainsi, avec des goûts simples, *et quand on ne peut
pas faire autrement,* AU BOURG, on vit de ses rentes.
Essayez! Je vous préviens que les maisons y sont
inhabitables. Vous y restez? Moi, je m'achemine
vers le chef-lieu de canton.

LE CHEF-LIEU DE CANTON

C'est encore un bourg, mais un bourg plus orné.

Même indépendance de toilette, même absence
d'éclairage sur la voie publique. Mais il y a des
rues, ou tout au moins une : celle que traverse la
route cantonale macadamisée. De plus, on s'y
montre une halle adossée à l'église ; le marché s'y

tient; donc là on vit. On s'y voit même : MM. le
juge de paix et son greffier ; M. le receveur, M. le
percepteur, M. le notaire, M. le médecin et MM. les
rentiers qui vous ont précédés, font partie d'un
cercle tenu par l'aubergiste.

Au canton, pour deux cents francs — à vingt-cinq
pistoles, vous trouvez à louer maison avec jardin,
remise et écurie.

Mais le canton n'est pas la campagne.

Pourtant, on s'y acoquine souvent, quand on ne
s'y abrutit pas tout à fait. Peut-être ne pourrez-vous
plus en sortir, une fois que vous y aurez mis le pied.
C'est ce qui peut vous arriver de plus heureux.

Mais si la fièvre des grandeurs venait à vous reprendre, croyez-moi, n'allez jamais vous confiner
dans une *sous-préfecture de quatrième classe :* mieux
vaut aller vivre à Montmartre, dussiez-vous y mourir sept ans plus tôt.

VI

LA TERRE ET L'ARGENT

Il y a quinze ans, quand on mariait sa fille : —
étant donné deux soupirants, le gendre que l'on
choisissait était, non point le rentier, mais le propriétaire ; et le beau-père futur faisait ce raisonnement : Mes deux candidats ont chacun six mille
livres de rente ; mais Gustave a sa fortune en
terres, et Gaston son avoir en capitaux. — Or,
que Gustave vende son domaine, et demain il aura
douze mille francs de revenu ; — tandis que Gaston
restera avec sa rente de six mille livres.

Bien parlé, monsieur Poinsot ; mais il ne fallait
pas s'endormir sur ce raisonnement.

Oui ! Il y a quinze ans, vous pensiez juste ; mais
depuis les choses ont bien marché ; et la propriété

10

du bourgeois a diminué, diminué tant et tant, — que, si Gustave vendait aujourd'hui sa terre, Gaston ne serait pas le plus pauvre des deux.

Reste à savoir ce que cette paire de rentiers va faire de ses capitaux !

« — Où placer son argent ?

» — Comment placer son argent ?

» — A qui confier son argent, en ces temps de dégringolades ? » Voilà le refrain dont on a les oreilles rebattues. — N'est-ce pas, voisin Poinsot ?

— Oui, mais j'aimerais mieux recevoir un pot de mélasse dans l'échine que de vous entendre continuer sur ce ton-là.

— Très-bien, voisin, vous comme les autres.

Savez-vous à qui je compare la bourgeoisie de notre époque ? A la noblesse de 88 : aussi faible, aussi impuissante, aussi près de sa chute ; et n'ayant pas même comme elle la consolation de pouvoir se plaindre.

La noblesse a perdu ses prérogatives.

La bourgeoisie s'en est dépouillée.

Ma femme fait la cuisine.

(Page

LIVRE QUATRIÈME

L'IMPERSONNEL & L'INDIVIDU

I

DEUX ANTITHÈSES

?

INDIVIDU : = être entier, non divisé, dont personne est entière.

?

IMPERSONNEL : = le contraire de l'individu, pas toute la personne.

10.

— Voulez-vous être mon domestique ?

— Qu'aurai-je à faire ?

— Tout.

— Je refuse, parce que tout faire, c'est n'en avoir jamais fini de faire. Je refuse, parce que ce genre de domesticité absorbe complétement l'individu : il ne vous en reste plus ; on n'est plus.

— Alors vous ne ferez que *ceci* ou *cela*.

— Dans ce cas je puis accepter ; parce que, quand *ceci* sera fait, je vous aurai fourni la somme de travail convenue. Vous m'appellerez votre domestique, parce que mon travail de chaque jour s'exécutera à la maison (*domo*) ; — mais vous n'aurez pas tout mon individu ; vous n'en aurez qu'une portion : je garderai l'autre. — Je m'engage à faire *ceci* et non cela. — Je suis un domestique impersonnel.

Impersonnel : = non toute la personne.

— Vous travaillerez plus comme domestique impersonnel que comme domestique à tout faire.

— Je le sais ; mais cela me plaît ainsi, et ne regarde que moi.

L'impersonnel et l'individu sont *les deux antithèses modernes*.

En se révélant à lui-même, l'individu devait chercher tout d'abord à vivre de son existence

propre ; et le domestique a commencé par s'affran-
chir des *obligations continues* qui l'attachaient au
maître :

Partant, plus de gens pour tout faire ; avénement
des serviteurs et des maîtres impersonnels.

?

— Comment un maître peut-il être impersonnel ?

— Aussi facilement que la chose a lieu pour un
domestique : soit un millionnaire.

II

LE MILLIONNAIRE

?

— Qu'est-ce qu'un millionnaire ?

— Depuis que le million a remplacé le titre, le millionnaire est devenu le noble ; avec cette différence pourtant que, pour être noble, il fallait montrer un titre, tandis que pour être millionnaire il suffit d'étaler des millions, qu'ils soient à vous, qu'ils soient aux autres.

Tout est de pouvoir en dépenser.

Pierre a quatre millions, mais il vit comme un bourgeois, et se prive comme un employé.

Paul n'a rien que des dettes; mais il en fait pour deux cent mille francs par an. Lequel des deux est le millionnaire? C'est Paul. Pierre ne trouverait pas à louer un valet; Paul n'a qu'à choisir dans la masse. Que fait au carrossier que Paul soit ou ne soit pas un capitaliste véridique? Paul sème l'or : le reste est insignifiant.

Le millionnaire est celui qui mène une existence de millionnaire : c'est l'impersonnel par excellence.

— Alors ce n'est pas un individu?

— Non! le millionnaire n'est pas un individu aux yeux de ses serviteurs; parce que, pour arriver à dépenser son million, il est obligé d'attacher au service de son individu un si grand nombre de domestiques, que chacun d'eux n'a qu'à brosser et à cirer une insignifiante portion du maître : tandis que l'homme pour tout faire est obligé d'entretenir à lui seul toutes les parties de son bourgeois.

Plus petit est le train d'une maison, plus pénible y est le service.

Chez le millionnaire le service est facile, parce que le travail est défini, divisé, et que les besognes sont distinctes. Le domestique y est véritablement un employé.

Je dis *employé*, et c'est bien là le mot propre. Dans tous les cas, juste ou non, l'appellation devait être du goût de messieurs de la livrée ; car ils n'ont pas attendu mon approbation pour se l'appliquer depuis longtemps.

— Et les gens de maison ?

— Terme vieillot. Vous me direz qu'un bal des *Gens de maison* a néanmoins lieu, à Valentino, chaque année ; vous ajouterez que, dans une boutique du passage Choiseul, on vend (à l'usage exclusif des laquais), un gant spécial, appelé *Gant de gens* [1] ; soit ! Mais quand Baptiste aborde un ancien collègue d'antichambre pour lui demander des nouvelles de sa fortune, l'autre, tout valet de pied qu'il est, lui répond-il : *Je suis homme de maison ?* Non certes, il lui répond avec dignité : *Je suis employé au service extérieur chez M. le marquis de Font-Couverte* » !

— Où allons-nous ?
— Je n'en sais rien.
— Laissez-moi DÉPLORER.

---

[1] On peut en outre voir dans la montre d'un magasin fashion-nable de la rue de Richelieu des gants en peau de chamois, étiquetés : GANTS DE GEMS (*sic*).

III

LE DÉPLORANT

Déplorant : = (barbarisme français) substantif masculin ; signification : homme qui déplore. — S'emploie aussi comme adjectif qualificatif, ex. : *journal qui déplore*, dont la manie, la marotte, le tic est de déplorer— surtout quand il s'exprime en ces termes :

« Où allons-nous ! Où est-il le temps où du gi-
» let de mon grand-père on faisait un manteau
» pour ses petits-fils! On ne fabrique plus ces bon-
» nes étoffes, ni ces meubles solides dont six géné
» rations ne venaient pas à bout. Que sont devenus
» les vieux serviteurs, les vieilles coutumes, l'au-
» torité du maître, la hiérarchie et la déférence

» sociales ? Disparus ! Jusqu'à toi, antique et
» vénéré pot-au-feu de la famille : ils t'ont ren-
» versé ! »

— Qui l'a renversé ?

— Les Yankees.

IV

LES AMÉRICAINS

Je continue :

« Ici, nous écrit-on de New-York, ici, mainte-
» nant le plus grand genre, disons le plus grand
» luxe, c'est d'habiter en garni. Les premières fa-
» milles de la ville ont déjà donné l'exemple.

» Vivre chez soi et tenir un train de maison :
» autant de soucis gagnés et de plaisirs perdus.

» A l'hôtel, voilà la mode !

» A l'hôtel, on habite un appartement somp-
» tueux.

» On donne des dîners pantagruéliques, des fêtes
» sardanapalesques, sans s'occuper ni du service,
» ni d'aucun détail de maison. — Vous avez fait vo-
» tre prix avec le maître d'hôtel ; tout est dit !

» Les feux sont dressés et allumés, les tables
» sont servies, desservies, resservies. — Soyez-y,
» n'y soyez pas — qu'importe ? c'est payé.

» Voici le soir, — l'orchestre arrive, — musique,
» allez jusqu'au matin. — On soupe après ! —
» Quoi ! toujours un souper servi ? — Toujours. —
» Et quand il n'y a personne ? — On le jette !...
» C'est arrêté, c'est convenu, c'est un prix fait.

» Et la nuit, cela dure encore ; et le matin ce
» n'est pas fini, et cela continue le soir.

» Les tapis sont souillés, on les change ; — les
» tentures se fanent, on en met d'autres ; — les
» meubles se disloquent ; — on en fait venir de
» plus beaux.

» Et l'orgie recommence chez l'entrepreneur de
» vie facile ; — à moins qu'il ne prenne à ses
» pensionnaires une fantaisie d'aller camper plus
» loin. »

— Eh bien ! qu'en dites-vous ?
— Nous n'en sommes pas là, Dieu merci !

11

— Mais nous y marchons rondement. — Ça
commence à bien aller.

— Et vous les approuvez ?

— Je les approuve s'ils y trouvent leur bonheur.

— Ce n'est pas une existence que la vie de
l'hôtel.

— Pourtant, s'ils ne peuvent pas se faire servir
chez eux, et qu'ils trouvent trop douloureux de se
servir eux-mêmes ?

— Il y a des positions où se servir est inadmis-
sible !

— QUE VOUS DITES, parce que jusqu'ici vous êtes
encore parvenu à vous débrouiller ; attendez, attendez !

— Mais pourquoi ceux qui les servent à l'hôtel
ne les serviraient-ils pas à domicile ?

— *Voilà le hic !* Mais, avant de répondre à votre
question, veuillez me permettre de vous en poser
une :

Dites-moi, monsieur, vous conviendrait-il d'entrer à mon service ?

— Monsieur, vous m'insultez.

— Pas du tout, au contraire, je vous considère
beaucoup... et la preuve, c'est que je m'offre à
vous livrer mon repos, ma tranquillité et ma personne.

Vous habiterez sous mon toit, et vous aurez la clé

de mon appartement. — Vous mangerez dans ma
vaisselle... vous boirez souvent dans mon verre...
vous aurez la garde de mon argenterie ; — vous
saurez mes infirmités, mes haines, mes rancunes,
mes petits bonheurs, mes défauts et mes vices ;
— vous connaîtrez mes secrets... ceux de mes
amis...

— Qu'entends-je !

— Bah ! est-ce qu'on se cache devant ses domestiques ?

Que ne dit-on pas à table ?... Vous fumerez mes
cigares : — *vous porterez ma livrée...*

— Jamais ! insolent, jamais !

— Bravo ! Et maintenant je peux répondre à
votre question : En Amérique, ceux qui servent à
l'hôtel ne serviraient pas à domicile ; parce que le
garçon d'hôtel ne se considère pas comme le domestique du voyageur dont il fait la chambre. —
Être garçon d'hôtel, c'est exercer une *profession* tout
à fait *libérale* : — le voyageur est un client, et rien
de plus. — Quelque train que vous meniez à l'hôtel,
vous n'êtes pas plus le maître de ceux qui vous servent, que ceux-ci ne sont vos domestiques ; — vous
êtes tous des *messieurs*, des clients réciproques. Et
voilà pourquoi les citoyens riches, qui veulent être
servis, sont obligés d'aller vivre à l'hôtel, dans
la ville même où ils possèdent de somptueuses bâ-
tisses.

V

L'HOTEL MEUBLÉ

— Nous ne verrons jamais cela.

— Vous vous trompez, mon cher. Voyez un peu ce qui se passe dans nos hôtels meublés : ils sont envahis par les domestiques ; c'est à qui sera garçon d'hôtel, et c'est à qui ne sera pas valet dans une maison bourgeoise. A quoi cela tient-il? A l'odeur d'individu que vous exhalez dans vos maisons ; odeur écœurante pour les domestiques. — Franchissez, au contraire, le seuil d'un hôtel garni, et vous y répandrez subitement un parfum d'impersonnalité qui ravira les garçons.

A l'hôtel vous serez cajolé,

A la maison vous serez toléré.

VI

L'HOTEL DE M. LE MINISTRE

M. Thomas était un avocat distingué, mais fort mal servi (n'en déplaise à M. Ferrier). Le voici qui devient ministre : bref, il abonde en serviteurs.

Pourquoi ? Est-ce un hommage que la domesticité rend à ses talents ? — Allons donc ! c'est parce que sa position l'a obligé à monter sa maison ; et que de simple bourgeois qu'il était, il est devenu millionnaire, c'est-à-dire impersonnel.

Ne croyez pas que je brode, au moins ; je suis dans le vrai strict. — Je n'entremêle nullement les garçons du ministère avec les gens de M. le ministre. Voulez-vous que je les mêle ? la vérité en sortira tout aussi nue.

11.

VII

LE MINISTÈRE

— Vous me quittez, Baptiste ?

— Oui, monsieur.

— Et vous vous placez ailleurs ?

— Non, monsieur ; j'entre comme garçon de bureau dans un ministère.

— C'est donc un emploi bien payé ?

— Très-peu payé, au contraire.

— Alors, pourquoi le prenez-vous ?

— Parce que mon travail doit se borner à l'entretien de mon bureau, et que je n'y aurai pas de maîtres.

— Des maîtres ! vous en aurez trente-six : le chef, le sous-chef, l'expéditeur, le caissier et les autres.

— Oh ! pardonnez, monsieur, TOUT ÇA NE FAIT PAS UN MAITRE. Je suis employé, c'est vrai, mais je ne dois servir personne. Tenir mon bureau propre, et porter des papiers du chef au sous-chef, pour les rapporter du sous-chef au chef, voilà tout ce qu'on est en droit de me demander.

VIII

LES CHEMINS DE FER

Ayez un peu le malheur d'être lié avec le concessionnaire ou l'administrateur d'une ligne de fer en construction, et vous êtes perpétuellement dérangé, accosté, assailli par quatre cents individus de toutes mines, qui débutent par ces paroles :

« — Monsieur, puisque vous connaissez si parti-
» culièrement M. un tel, ne pourriez-vous pas
» trouver le moyen de me faire caser ? »

— Pourquoi, leur dites-vous, pourquoi cette obstination à vouloir entrer dans un chemin de fer, quand il y a possibilité de faire tant d'autres choses ?

— Ah ! monsieur, c'est que là on n'est pas obligé de travailler pour les autres.

— Mais au contraire, insensé, vous serez obligé de travailler pour des milliers d'individus.

— Quand il y a tant de monde que ça, *c'est comme s'il y avait personne.*

— Je vous préviens qu'on y est très-peu payé et que les besognes sont dures.

— Oui, mais quand elles sont finies on fait de son temps ce qu'on veut.

— Ajoutez que vous aurez des chefs à n'en plus finir.

— Oui, mais *ces chefs-là ne sont pas des maîtres!...*

I X

LES GRANDES ROUTES

— Et toi aussi, Nicolas, tu veux entrer dans les chemins de fer ?

— Oh ! non point, monsieur, i faudrait trop risquer.

— Qu'est-ce que tu me veux donc ?

— Une place de cantonnier sur la grand'route.

— Eh bien ! sois-le, mon garçon, sois cantonnier, qui t'en empêche? l'emploi ne doit être guère couru.

— Ah ! monsieur, c'est un bonheur comme vous aimez à plaisanter; il n'y a qu'une place à donner, et nous sommes cinquante-trois qui la demandons.

— Alors, c'est en Californie ?

— Non, monsieur, c'est sur la route impériale
n° 138, de Bordeaux à Rouen.

— Et quels seront tes appointements ?

— Un franc trente-cinq !

— Vingt-sept sous par jour, animal, quand tu
pourrais gagner quatre francs à bêcher dans mes
vignes.

— Je ne dis pas.

— Alors, pourquoi ne le fais-tu pas? Est-ce la
force qui te manque ?

— Non, mais j'aime mieux être cantonnier.

— Je parierais qu'il y a derrière toi quelqu'un
qui te pousse.

— Eh ben ! oui. C'est le voisin Cadet qui m'a
décidé : i se lève, — i déjeune, — i prend sa
pioche, — i s'en va; — il arrive au canton, —
i s'asseoit,— i se rafraîchit, — i prend sa pioche,—
i fait chaud, — i pose sa pioche, — i se rasseoit; —
i se rafraîchit; — i ramasse sa pioche ; — i s'en retourne à Vénérand ; et i n'a jamais personne derrière
ses talons pour i dire : « Cadet, t'as pas fait ci; Cadet,
t'as pas fait ça ! » — Cadet? i fait ce qui veut ; et
i n'a point de maître pour l'enjôler ; n'empêche pas
que ses quarante francs lui arrivent comme un
seul homme tous les un du mois.

Et voilà, monsieur, sans vous manquer, pourquoi je voudrais être cantonnier sur la route.

X

ÉTABLISSEMENTS PUBLICS

Des administrations, passons aux cafés et autres établissements du même genre : nous y voyons un empressement encore plus grand à vouloir y servir; parceque le service y est encore plus impersonnel.

Le consommateur s'assied, boit sa demi-tasse et s'en va; son individu ne pèse pas une once sur celui qui le sert :

Qu'est-il pour ce garçon de café? Un inconnu qui a droit tout juste à l'apport d'un plateau.

Qu'est le garçon de café pour lui? Un autre individu qui lui doit seulement l'apport du plateau réclamé : *Ce sont deux impersonnels.*

Et le maître de l'établissement, qu'est-il aux yeux de ses garçons ? Il est aussi impersonnel que

vous et moi. — Veut-il déjeuner? on le sert aussi
lestement que s'il était un consommateur. Veut-il
dîner? on le sert aussi poliment que s'il n'était pas
le maître. Veut-il boire, veut-il jouer? même chose.
Mais qu'il lui soit arrivé d'avoir oublié son mouchoir de poche hors des limites de son établissement, et qu'il s'avise de commander à un des
garçons de salle d'aller le lui chercher : il s'expo-
sera à recevoir de cet employé une réponse assez
décourageante pour lui ôter l'envie de se moucher
de quinze jours.

Vous débutez modestement par la femme de ménage.
Vous la lâchez par vanité.
Vous y revenez pour avoir la paix.

(Page 143.)

LIVRE CINQUIÈME

DU SERVICE IMPERSONNEL

I

SERVICES IMPERSONNELS

— Qu'entendez-vous par services impersonnels ?

— J'entends les services que nous achetons à
des gens qui ne nous appartiennent pas, qui ne
sont pas les nôtres, qui ne sont pas nos domestiques, et qui ne veulent pas être nos domestiques.

— Pourquoi nous servent-ils alors ?

— *Ils ne nous servent pas :* ils nous vendent leurs services.

— Pourquoi les vendent-ils ?

— Pour vivre.

— Alors ce sont des industriels ?

— Sans doute ; mais comme leur industrie est de servir, ce sont *des serviteurs impersonnels.*

Il demeure entendu que seront considérés comme serviteurs impersonnels tous les vendeurs de services manuels, du genre de ceux qui peuvent être exécutés par les domestiques ; — que lesdits vendeurs soient ou non assujettis à la patente, et que leur travail leur fournisse ou non l'occasion de faire au servi l'apport d'une marchandise quelconque. — Ainsi, le porteur d'eau est patenté, et je m'empresse d'en faire un *serviteur impersonnel,* parce que, en allant puiser de l'eau à la fontaine pour la monter au quatrième, *il accomplit un travail de domestique.*

II

LE PREMIER VENU

Mettons que je n'aie encore rien dit, et que tout aille comme par le passé, ou à peu près.

Quand un domestique est renvoyé, ou simplement qu'il vous quitte, qu'arrive-t-il ?

— Il se place ailleurs.

— Très-bien. Pour quelle cause s'en va-t-il ?

— Pour mille et une.

— Fort bien ! Où va-t-il en sortant de chez vous ?

— Ça ne me regarde pas.

— On ne vous demande donc jamais de renseignements sur lui ?

— Pardonnez ! on m'en demande, et j'en donne.

— Et comment les donnez-vous ?

12.

— Quand les domestiques sont bons, on les garde. Quand ils sont mauvais, et qu'ils vous quittent pour entrer chez une connaissance, on avertit la connaissance ; mais, lorsqu'ils doivent entrer chez un étranger, qui ne vous est de rien, ma foi ! vous savez le proverbe : « Qu'ils aillent se faire pendre ailleurs ! »

— Alors, si les personnes vous sont indifférentes, vous ne vous faites aucun scrupule de leur donner de bons renseignements sur de mauvais domestiques ?

— Vous allez peut-être trop loin... on atténue...

— Compris ! Ainsi, vous dites : « Pour la fidélité nous ne nous sommes jamais aperçus de rien.» C'est tout ! Et l'autre le gobe.

— Et que dire autre chose ?

— Parfait ! Mais quand c'est vous qui êtes obligé de prendre des renseignements ?

— Oh ! c'est différent! on s'entoure de toutes les garanties désirables.

— De sorte que les autres *font pour vous* ce que vous *ne faites pas pour eux;* et les étrangers, à l'endroit desquels vous avez bien voulu rester muet, se mettent en quatre plutôt que de vous voir vous encanailler ?

— Je ne dis pas cela.

— Pardon. vous le dites... à moins que vous

preniez seulement les domestiques qui sortent de chez vos amis.

— C'est justement là ce que nous faisons !

— Alors vous avez des amis qui renvoient de bons serviteurs ! Sapristi ! c'est rare par le temps qui court.

— Je ne dis pas cela.

— Ah ! oui, je comprends ; vos amis gardent les bons domestiques, ils renvoient les mauvais et vous les prenez !

— Vous allez trop loin.

— Pourtant, si vous ne pouvez prétendre ni aux bons ni aux mauvais domestiques de vos amis, il vous faut bien en chercher ailleurs...

— Quand on y est forcé.

— Et vous adresser aux étrangers...

— Cela arrive à tout le monde.

— Qui vous satisfont avec des renseignements apocalyptiques.

— Je voudrais bien vous y voir.

— Enfin !

— Pourquoi cet enfin ?

— Parce qu'il vous ôte tout droit, toute raison de vous étonner que nous ouvrions, à certains jours, nos maisons à un frotteur et à un décrotteur quelconques ; alors que vous abritez et hébergez sous votre toit, et cela tous les jours, les initiant aux secrets les plus intimes de votre existence, des êtres totalement inconnus, sur le compte desquels les étrangers ne vous en ont pas dit plus long que vous ne leur en eussiez dit vous-même.

III

LE PORTIER

Prononcez : Concierge.

Pour un cordon vacant, il est mille demandes.

A tout seigneur tout honneur. — Au roi des impersonnels je donne la première place.

C'est lui qui parle, écoutez : « Je suis concierge, » on sonne : je tire le cordon. Mon locataire entre » et monte se coucher. Suis-je le domestique de » mon locataire ? — Non. — Que lui dois-je ? — » L'entrée de ma maison. — Après? — Ses lettres.

» — Après?—*Il est avec le ciel et moi des accommode-*
» *ments !* »

— Très-bien! Vous voulez dire qu'en y mettant
le prix on trouvera en vous une excellente femme
de ménage, voire même un parfait décrotteur.

« — Mieux que cela; car si de concierge je con-
» sens à devenir femme de chambre, pour vous
» servir, je redeviens concierge aussitôt après votre
» besogne faite. Ça ne vous coûte pas plus cher que
» si vous preniez quelqu'un du dehors, et l'on m'a
» toujours sous la main. »

———

I V

LA FEMME DE MÉNAGE

La femme de ménage est un début.

On a vingt ans. On fait son droit, mais on ne
fait pas son lit. On a une femme de ménage.

On est heureux ? — Non, on soupire après un domestique, et, quand on le peut, on l'a.

Et après ? — Après, plus tard, on regrette la femme de ménage.

Il y a des femmes de ménage de tout prix et de tout âge. Il en est d'excellentes. Il y en a de médiocres. Il y en a peu de mauvaises.

Service convenu, service défini : = SERVICE FAIT.

La femme de ménage est une tâcheronne. Vous lui payez son travail ; mais non les heures qu'elle a passées dans votre appartement.

Ses besognes peuvent être multiples, successives ou simultanées : qu'importe? elle s'est engagée à les faire, et elle les fait.

Elle fait le lit, les chaussures et les habits : elle vous fera même à dîner, si vous le voulez, si vous la payez pour la chose.

Elle n'est pas implantée dans votre domicile.

Ses yeux ne sont pas des yeux d'Argus, obstinément braqués sur vos prunelles.

Elle n'est pas toujours là comme une *servante !*

Elle vous laisse des heures de répit : celles qu'elle passe à faire le ménage des autres ; elle n'est pas un espion perpétuel.

Quand elle en a fini chez vous, elle s'en va ; et vous êtes libre.

Son intérêt l'oblige à ménager sa clientèle.

Femme établie, elle a un domicile ; elle paye
son terme, et elle est cotée dans le quartier. C'est
un industriel dont le fonds de commerce est représenté par les clients mêmes. Vous êtes son client ;
elle tient à vous comme à sa chose, donc elle vous
ménage.

Elle est impersonnelle, c'est-à-dire qu'elle reste
libre en travaillant. Elle est indépendante, donc
elle n'a pas de motif de haine contre vous. Elle ne
vous déteste pas !

Vous débutez modestement par la femme de ménage,

Vous la lâchez par vanité,

Vous y revenez pour avoir la paix.

V

LE PORTEUR D'EAU

C'est l'heure. Il frappe. Il ne sonne pas, il frappe
deux petits coups secs, comme avec un os ; c'est le

doigt du porteur d'eau. La porte s'ouvre, l'homme entre. Il ne dit rien. Il se dandine entre ses deux seaux, va droit à la fontaine et y verse le contenu de sa voie. Il ne dit rien, reçoit ses trois sous et part.

— Où va-t-il !

— Il descend. Voyez-vous, dans la cour à gauche, la borne qui coule? Il va encore y puiser pour la ration des autres locataires.

— Comment ! vous avez de l'eau dans la maison ?

— En bas, oui.

— Et votre domestique ne la monte pas ?

— Non.

— C'est pourtant une besogne bien naturelle.

— Je l'ai cru comme vous.

— Et vous avez changé d'idée ?

— Oui. Maintenant je fais comme les autres et je m'en trouve bien : ainsi, quand je sonnais Julienne, elle mettait une bonne demi-heure à se montrer.

— Où étiez-vous donc, Julienne?

— Madame, j'étais à chercher de l'eau.

J'allais regarder dans la fontaine : elle était vide.

— Mais songez donc : trois sous par jour, cela fait cinquante-quatre francs par an.

— C'est vrai ; mais on a pour soixante francs d'eau.

— Comment cela ?

Julienne, qui ne gagnait que trente-cinq francs, me demanda cent sous de plus par mois, à la condition de monter l'eau. Cela faisait soixante francs par an, pour qu'elle fit semblant de remplir la fontaine. Aujourd'hui, en ne donnant que cinquante-quatre francs au porteur d'eau, je gagne six francs, et la fontaine est toujours pleine.

— Et Julienne ?

— Julienne est une bonne pour tout faire, et elle ne fait rien.

Le porteur d'eau est un serviteur impersonnel, et il n'oublie jamais de s'acquitter de sa besogne.

VI

LE FROTTEUR D'APPARTEMENTS

Un jour, je fus mandé en toute hâte chez madame de Font-Couverte, qui venait d'être prise d'attaques de nerfs à tout casser.

Je trouvai madame la marquise dans un état d'exaspération paroxysmal.

Du plus loin qu'elle m'aperçut :

LA MARQUISE.

Ah ! docteur ! si vous saviez ce qui m'arrive :
Jacques a refusé de frotter.

LE DOCTEUR.

Et que voulez-vous que j'y fasse ?

LA MARQUISE.

Mais, docteur, j'ai six domestiques ; chacun a sa

besogne, Jacques n'a que les appartements à faire,
et il refuse de les frotter.

LE DOCTEUR.

Eh bien! renvoyez-le.

LA MARQUISE.

Mais, docteur, il me serait impossible d'en trouver un autre dans ce chien de pays.

LE DOCTEUR.

Alors gardez-le.

LA MARQUISE.

Mais il ne frottera pas si je le garde.

LE DOCTEUR.

Et pourquoi ne veut-il pas frotter, ce garçon?

LA MARQUISE.

Parce qu'il prétend que faire un appartement ce
n'est pas le frotter.

LE DOCTEUR.

Est-ce vrai?

LA MARQUISE.

Oui, docteur, à Paris.

LE DOCTEUR.

Eh bien ! faites venir un frotteur de Paris.

LA MARQUISE.

Mais on ne frotte pas du matin au soir ; et que
ferait cet Auvergnat tout le restant de la journée?

LE DOCTEUR.

Je n'en sais rien, moi ; ces gens-là, que font-ils à
Paris?

LA MARQUISE.

Ils ont une clientèle qu'ils servent à tour de rôle.
Dès qu'ils ont fini dans une maison, ils recom-
mencent dans une autre.

LE DOCTEUR.

Et le frottage se fait bien ainsi?

LA MARQUISE.

Parfaitement, docteur.

LE DOCTEUR.

De sorte qu'il n'est pas besoin d'avoir de domestique ni même de bonne pour avoir un parquet
brillant?

LA MARQUISE.

Nul besoin.

LE DOCTEUR.

Ah! si j'y pouvais emporter mes malades à la
semelle de mes souliers!

LA MARQUISE.

Fi! quelle horreur!

LE DOCTEUR.

Comme vous voudrez, madame; mais songez que
c'est vous qui vous plaignez; vous, l'heureuse, la
millionnaire, la femme à six domestiques; tandis
que moi, pauvre médecin de campagne, je me
permets tout juste de soupirer.   .   .   .   .   .   .

.   .   .   .

M'avez-vous fait venir ou non pour une ordon-
nance?

LA MARQUISE.

Oui, docteur.

LE DOCTEUR.

Eh bien, la voici : « Vous avez six domestiques à
» besogne distincte et définie, autrement dit six
» *impersonnels*. — Votre valet de pied refuse de
» commettre un empiétement ? C'est un bonheur.
» S'il s'était résigné à frotter, l'équilibre du service
» était rompu chez vous. — Prenez un septième
» valet : soit huit cents francs, plus la nourriture,
» qui sera peu de chose (l'Auvergnat est sobre) :
» et tout ira comme sur des roulettes. »
Ah ! vous en réchappez d'une belle.

LA MARQUISE.

Permettez, docteur ; les choses, comment se pas-
sent-elle chez vous, y frotte-t-on ?

LE DOCTEUR.

A la campagne, dans un modeste ménage de
bourgeois, on ne frotte que *verbalement*.

LA MARQUISE.

C'est du propre !

LE DOCTEUR.

Ça glisse moins.

LA MARQUISE.

Et vous ne vous plaignez pas ?

LE DOCTEUR.

Je bénis le ciel, c'est-à-dire mon père, de m'a-
voir fait médecin.

13.

LA MARQUISE.

Pourquoi médecin plutôt qu'autre chose?

LE DOCTEUR.

Parce que bientôt les médecins seront les seuls bourgeois à qui il sera possible de manger du pain sans courber l'échine.

LA MARQUISE.

Et nous?

LE DOCTEUR.

Vous? Madame, vous êtes encore millionnaire.

VII

LE DÉCROTTEUR

— Julienne! eh bien! et mes bottines?
— Tout de suite, monsieur, voici, monsieur.
— Je ne comprends rien à ces bottines; hier, j'y

serais entré avec trois paires de bas, et aujourd'hui elles m'exaspèrent les pieds.

Julienne, qu'avez-vous donc fait à mes bottines ?

— Je n'ai fait que les cirer, monsieur, voilà tout.

Aïe ! aïe ! Enfin, peut-être que ça se passera en marchant. Non, ça augmente, au contraire. Il faut que j'en aie le cœur net : entrons chez mon bottier.

— Monsieur Schumaker, avez-vous lu la *Peau de chagrin ?*

— Pour l'avoir lue, je ne l'ai point lue ; *différentement* j'en fais des brodequins.

— Est-ce que mes bottes sont faites avec de cette peau-là ?

— Non, elles sont en veau.

— Vous devez-vous tromper, monsieur Schumaker, regardez-y de près.

— Elles sont brûlées, vos bottines !

— Comment, brûlées ?

— Calcinées, déformées, ratatinées, perdues, immettables.

— Des bottines neuves !

— Il faut que je vous en fasse une autre paire.

— Faites, monsieur Schumaker, mais je ne vous les paierai pas. M'avoir vendu du cuir brûlé !

— C'est-à-dire que monsieur s'est chauffé les pieds de trop près.

— Chauffer des bottines de trente-cinq francs !
Allons donc ! Je la trouve mauvaise !

— Si ce n'est pas vous c'est votre bonne.

— Julienne ?

— Ah ! nous connaissons les habitudes de ces
demoiselles, nous autres ; ainsi, pour peu que le
cuir soit humide, et qu'une botte fasse des difficultés pour reluire , vlan ! dans le fourneau de la
cuisine pour y sécher. Ah ! dame, ça reluit tout
seul après ; c'est-à-dire pourvu que ça n'y brûle
pas, comme c'est arrivé à la vôtre, qui a dû être
oubliée trop longtemps avec le gigot de mouton.

— Ah ! la scélérate, je m'en doutais !

— Croyez-moi, mon cher monsieur, ne laissez
jamais cirer vos chaussures par votre bonne, ou
vous n'en sauverez pas une paire.

— Il faut donc que je les cire *moi-même !*

— Non pas, je n'ai point encore de clients qui se
cirent ; et pourtant je chausse pas mal de bourgeois comme vous : prenez un *décrotteur.*

— Je n'en connais pas.

— Prenez celui du coin ; pour une minime
somme par mois, vous serez ciré comme un
prince.

— Que j'aille me faire décrotter au coin de la
rue !

— Non, certes ! *vous serez ciré à domicile :* don-
nez-lui un simple avertissement ; et chaque matin,

à l'heure dite, exact comme un porteur d'eau, l'homme sera à votre porte.

— Et si je suis sorti ?

— Monsieur n'a-t-il qu'une paire de bottes ?

— Quelquefois.

— Eh bien! franchement, monsieur à tort.

De même que l'homme a besoin de repos pour réparer ses forces, de même la chaussure.... Ainsi deux paires de bottes qui alternent durent le double de temps que deux paires de bottes qui se succèdent. Partant économie de moitié. Vous voyez que je n'y gagne pas à bavarder ; et dire que nous sommes tous comme cela, *nous* autres artistes. Ainsi vous n'usez pas des embauchoirs ?

— Qu'entendez-vous par embauchoirs ?

— Ce sont des pieds articulés, en bois, que l'on introduit dans les bottes, afin d'en empêcher la déformation et de pouvoir les cirer au *nec plus ultra*. — Tranquillisez-vous, je n'en fais pas commerce. Et si jamais vous vous décidez à vous en payer une paire, allez rue de Chabannais. chez Lefebvre, c'est le roi des formiers.

VIII

LE BAPTISTE D'OCCASION

C'est à en prendre la colique de rire ! Sitôt que j'ouvre la bouche pour dire qu'il est possible d'être servi sans avoir de domestiques, ils me traitent d'énergumène ; et il n'en est pas un seul d'entre eux qui n'ait eu recours au Baptiste d'occasion.

Généralement, quand on a une fille, et qu'on la marie, — cela n'arrive heureusement qu'une fois ou deux, — c'est avec le concours pompeux et salé de MM. Potel et Chabot. — Après, quand on reçoit ses amis, on ne fait pas tant de manigances.

Ici, nous sommes chez des bourgeois. Vous

n'avez qu'une bonne en tout ; et vous voulez donner un dîner de cent écus et même moins : comment vous y prendrez-vous ? D'abord, vous arrêtez votre menu : chose grave. Après ? Le menu composé, vous le divisez en trois parties : une pour le traiteur et l'autre pour le pâtissier. Et la troisième? La troisième, la grosse, non, la grossière sera mitonnée à la maison. Après ? Après ; le matin du grand jour, on se demande si *Baptiste* est arrivé ! Terrible anxiété ! S'il allait ne pas venir ? — Le voilà ! — Enfin ! Sauvés ! merci, mon Dieu !

— Quel est donc ce Baptiste?

— Il était une fois... Non! pas tant de légende à la clef... Jadis, à Épinay-sur-Seugne, le maître de la maison découpait; et la cuisinière venait poser elle-même et gaillardement sur la table son plat tout chaud. Baptiste était né, mais il était encore inconnu.

Un soir, que l'on dînait à la *Recette particulière*, qui fut épaté? Ce furent les Épinois, en recevant directement des mains d'un grand valet des ailes de chapon que M. le receveur n'avait point détachées en personne.

Dieu! quel tremblement dans Épinay !

Ah! mais oui : l'on y retourna dîner chez le receveur; et le grand diable de valet découpait lui-même et servait : était-ce assez Régence !

Et ce grand diable était Baptiste.

Le receveur s'en fut, Baptiste resta.

— A qui le Baptiste ?

— A vous tous à la fois, messieurs, mais parti-
culièrement à personne.

Depuis lors, il ne se donna plus, dans Épinay,
un seul dîner sans qu'il fût servi par Baptiste.

— Et quand trois dîners avaient lieu à la même
heure, le même jour?

— Baptiste les servait.

— Pour cela il fallait trois Baptistes ?

— Non, mais un seul Baptiste en trois personnes.

Baptiste en avait formé d'autres à sa ressem-
blance.

Et voilà comment, à Épinay, avec et même sans
aucune espèce de bonne, on peut donner en tout
temps un dîner de cent écus et même moins,
pourvu que l'on s'adjoigne un Baptiste d'occasion.

— Mais ce sont des industriels que tous ces Baptistes

— Sans doute. Cependant, comme leur industrie
n'est que de servir à table, ce sont des *serviteurs
impersonnels*.

IX

PARENTHÈSE

Je ferai remarquer que les industriels dont je viens de parler sont journellement employés par les bourgeois, simultanément avec les domestiques; de sorte que, nonobstant le travail accompli par votre bonne à tout faire, vous êtes tenu à vous payer les services supplémentaires du concierge, devenu frotteur, brosseur, décrotteur, etc., absolument comme si vous n'aviez pas de domestique.

... J'entre, et je me trouve en face d'une jeune femme en train d'écosser des pois.

(Page 98.)

LIVRE SIXIÈME

DE QUELQUES BOURGEOISES

I

LE DENIER DE LA VEUVE

Je connais une femme distinguée, voire même élégante, chez qui l'on dîne, l'on cause et l'on ne s'ennuie pas. La tenue de son appartement est irréprochable, et elle n'a pas la moindre servante à grimper derrière ses talons.

— Vous y avez dîné, dites-vous?

14.

— Souvent.

— Et la cuisine était passable ?

— Excellente.

— Qui la faisait ?

— Je n'ai jamais cherché à le savoir.

— Il fallait bien que quelqu'un s'en mêlât?

— Probablement; mais ce quelqu'un ne vous laissait jamais rien apercevoir.

— Et les plats, qui les posait sur la table ?

— Ils y arrivaient d'eux-mêmes.

— Il est connu, le moyen !

— Tant mieux! madame. Vous en userez quand vous n'aurez plus de servante.

— Et les assiettes s'en allaient aussi toutes seules ?

— Oui, madame.

— C'était du propre !

— Mon Dieu ! je ne vois pas ce qu'il y a de sale à se changer d'assiettes soi-même; l'ennuyeux eût pu être de les nettoyer; mais, chez la personne dont je parle, cet ennui n'est pas à craindre : il est une madame Gibou qui vient à l'heure dite pour ôter le couvert et laver la vaisselle.

— Dieu ! chez qui nous avez-vous menés? Ce ne peut être que chez une créature ?

— Non, madame; mais avant de vous tranquilliser sur ce point, laissez-moi vous demander si monsieur votre mari n'est pas chef de division ?

— Certainement, monsieur, et décoré.

— Tant pis! car il est encore moins jeune que je ne croyais. Mais laissons la croix tranquille, et parlons des appointements.

Quand monsieur votre mari vous a épousée, vous étiez sans fortune. Oui, madame, l'un et l'autre.

Maintenant, vous jouissez d'un revenu d'une dizaine de mille francs... que vous dépensez, je le sais, avec honneur.

Mais si demain monsieur votre mari mourait, à combien se monterait la pension que l'État servirait à sa veuve ?

Remarquez, chère madame, que je fais une simple hypothèse; cependant un malheur est si vite arrivé! Je suppose donc que vous en soyez réduite (je veux être large), à dix-huit cents francs de rente; seriez-vous alors bien aise que l'on vous appelât créature?

Une créature! Je vois que vous ne savez pas ce que c'est, madame; tant mieux!

La créature, comme vous l'entendez, n'est pas la femme qui se sert elle-même; c'est, sauf rare exception, une demoiselle d'élévation récente, qui éprouve d'autant plus de répugnance à se servir de ses mains, même pour elle, que ces mains ont été davantage au service des autres.

II

LA CRÉATURE

Huit heures allaient sonner. J'avais à finir pour
le matin même un travail attendu, et je ne pouvais
en venir à bout, tant je me trouvais agacé par un
carillon qui partait du premier étage. J'en étais à
me désoler pour tout de bon, lorsque M. Rivet,
mon concierge, pénétra dans mon entresol, pour le
service quotidien de mes habits et de mes chaussures.

✴✴✴

Monsieur Rivet, qui donc demeure au-dessus de
moi ?

LE CONCIERGE.

C'est une dame.

***

Elle en a terriblement des domestiques!
LE CONCIERGE.

Monsieur se trompe. La particulière en est absolument démunie, voilà deux jours.

***

Comment! Depuis sept heures, elle n'a pas laissé passer un quart sans sonner. Tenez, entendez-vous encore?

LE CONCIERGE.

Connu. Elle réclame son chocolat.

***

Mais à qui, puisqu'elle n'a personne?
LE CONCIERGE.

Elle rêve qu'elle a encore une bonne.

***

Et elle sonne?... C'est insensé!
LE CONCIERGE.

Non! mais c'est drôle : chaque matin, la dame, en s'éveillant, sonnait et se rendormait immédiatement après. — La bonne, qui avait compris, préparait le chocolat et l'apportait : cela demandait un quart d'heure. — La dame se réveillait, prenait son chocolat et se rendormait jusqu'au second déjeuner. Or, voici le troisième jour que la soubrette a décampé; mais la dame continue à s'éveiller, à sonner et à se rendormir comme si elle avait encore sa bonne. — Mais le quart d'heure s'écoule, et le chocolat ne vient pas. — Nouvel appel de l'estomac, nouveau réveil, nouveaux coups de sonnette.

Et voilà, monsieur, la cause du carillon régulier que vous entendez depuis deux jours, et qui ne cesse qu'à l'heure où, la vraie faim mettant la madame hors du lit, elle se lève, s'habille et sort pour aller déjeuner.

✶✶✶

Elle ne déjeune pas chez elle?

LE CONCIERGE.

Elle ne le peut pas; du moment que sa bonne l'a quittée et qu'elle n'en a pas encore trouvé une autre.

✶✶✶

Est-ce que j'ai besoin d'aller déjeuner dehors, moi, garçon, qui ne vous ai pas même à mon service ?

LE CONCIERGE.

C'est que monsieur est d'une famille... Tenez, comme ces dames du quatrième, dont le père était général. Et pourtant, quoique elles se servent elles-mêmes, il n'est pas difficile de voir qu'elles sont d'un autre rang que cette demoiselle.

✶✶✶

C'est donc une fille?

LE CONCIERGE.

Monsieur ne le savait pas! Monsieur ne l'a pas rencontrée à la brasserie? Monsieur ne l'a pas dévisagée dans les escaliers ?

***

Alors je ne m'étonne plus qu'elle trouve dégradant de se faire une tasse de chocolat.

LE CONCIERGE.

C'est qu'elle en a fait si longtemps pour les autres !

***

Elle a donc débuté par être servante ?

LE CONCIERGE.

Nous l'avons connue en maison, chez quelques particulières du quartier. Maintenant, vous comprenez... elle commence à être assez bien cotée.

***

Et vous gardez ça dans cette maison, qui passe pour honorable et bien habitée !

LE CONCIERGE

Eh! monsieur, si l'on refusait impitoyablement l'hospitalité à ce genre de locataires, à qui louerait-on la moitié des appartements?

III

J'ENFONCE LE COUTEAU ENCORE PLUS AVANT DANS LA PLAIE

Madame, je vous ai laissée il y a un instant avec deux mille francs de rente. Permettez-moi de vous en ôter huit cents, pour vous constituer un revenu total de douze cents livres : votre dot obligée si vous aviez épousé un officier de l'armée, et votre plus forte retraite de veuve si vous aviez été la femme d'un général.

Avec douze cents francs, on vit ; mais à la condition que le porteur d'eau ne vienne que tous les deux jours ; le frotteur une seule fois par mois ; et que madame Gibou n'ait pour tout ménage à faire qu'à descendre la boîte aux ordures. — Heureux même les jours où elle oubliera d'être exacte ; ce sera autant de moins à lui payer.

— Monsieur, si un semblable malheur m'arrivait, je me retirerais à la campagne.

— Dites plutôt que, si ce désagrément vous surprenait à la campagne, vous n'auriez pas d'autre parti à prendre que celui de vous retirer sinon à Paris, du moins à Paris-banlieue.

Vous retirer à la campagne! Ah! je ne vous le conseille pas ; vous y en verriez de grises.

En province, chère madame, avec douze cents francs! on est trop pauvre pour avoir une domestique, et on n'y trouve ni frotteurs ni porteurs d'eau. Vous n'y trouveriez même pas le coup de balai de madame Pipelet, car au village il n'y a pas de concierges.

A la campagne que vous voulez dire, quand on a besoin d'un misérable seau d'eau claire, il faut aller le puiser soi-même à la fontaine, sur la place du champ de foire, en face des *Trois-Piliers*, l'auberge que tient M. le maire.

— Eh bien ! je mourrais !

— Oh ! que non !

— Jamais je ne consentirai à me servir seule !

— Oh ! que si !

— Passe pour certains détails ; mais quant à me résigner à aller ouvrir la porte lorsque l'on sonne... pour cela, jamais.

IV

DE LA PORTE

Madame, il fut un temps où vous étiez jeune et lui aussi; alors vous preniez la précaution d'envoyer vos domestiques à la promenade, à une certaine heure : celle à laquelle il devait venir, celle où il devait sonner à votre porte.

Qui donc allait lui ouvrir? Vous, madame; et vous ne vous en plaigniez pas; non, certes! Et vous trouviez qu'aller lui ouvrir vous-même était une chose très-agréable et qui valait bien la peine d'envoyer promener vos enfants avec vos domestiques.

V

DU LIT

— Vous avez beau dire, monsieur, une femme du monde ne fera jamais son lit elle-même.

— Oh! madame, quelle erreur! Combien de fois vous est-il arrivé, à vous qui êtes du monde, d'avoir refait le vôtre pendant l'absence de vos enfants, — sinon tout à fait seule, du moins sans attendre le retour de la domestique! — Votre plus grande crainte — (je ne parle pas des autres) — était qu'en rentrant votre bonne ne vous surprît à ce travail.

— Vous voyez qu'on se fait à tout, madame.

VI

DES ONGLES

L'obstacle le plus sérieux que vous puissiez allé-
guer serait la crainte d'y perdre

. . . . . l'ongle long qu'on porte au petit doigt,

lequel se casse impitoyablement quand on retourne
les matelas.

Mais vous êtes musicienne, madame ; et pour qui
joue du piano, il est tout à fait comme il faut de
porter courts les ongles.

VII

NOUVELLE INCARNATION
DE LA DOMESTICITÉ

— Mais enfin, me direz-vous, que deviendront les domestiques quand ils ne voudront plus servir?

Qui dit domestique ne dit pas ouvrier.

Le domestique n'a pas d'état; il n'a pas même été apprenti; et en entrant dans l'industrie du service, il s'est fermé la porte de toutes les autres.

D'ailleurs, il n'est pas donné à tous les Baptistes, à toutes les Sophies d'empocher en quinze jours, un magot qui leur permette d'aller faire les bourgeois à Corinthe (prononcez les Ternes).

Comment donc feront ces gens qui, n'ayant pas encore le sac, ne voudront plus servir nonobstant, pas même comme domestiques impersonnels?

— Les femmes se mettront *crémières*, et les hommes les épouseront.

— QU'EST-CE QU'UNE CRÉMIÈRE?

— C'est ordinairement une ex-servante, ayant épousé un ex-domestique. L'ennui de servir les a amenés à se mettre dans le commerce.

— En quoi consiste ce commerce?

— A vendre en boutique, et plus cher qu'au marché, tout ce qui s'achète au marché.

— Et le métier réussit?

— Il grandit tous les jours; c'est tout simple : si la halle est éloignée, l'absence de votre bonne peut vous être désagréable, et vous l'envoyez chez la crémière d'en face.

Si le désagrément d'une longue course n'existe pas pour vous, il peut exister pour Sophie. Cette fille vous persuade alors qu'en payant volailles, légumes et dessert un tiers plus cher qu'elle ne l'eût fait au marché, elle réalise quand même une économie de trente pour cent... sur ses chaussures.

— Ne croyez pas que je m'y laisse prendre.

— Tant pis pour vous ! Sophie en sera mécontente.

— Et que m'importe?

— Il importe qu'elle sera furieuse, et que vous aurez beau la forcer à se rendre au marché, elle y achètera tout aussi cher que chez la fruitière.

VIII

CONSOLATIONS AUX BOURGEOISES

PREMIÈRE CONSOLATION

L'heure du marché est passée : c'est-à-dire, que le meilleur ayant été enlevé dès le matin, il ne reste plus à choisir que dans les basses catégories; — et il vous est survenu du monde. Vite un déjeuner sérieux! La fruitière est en face; envoyez-y; il n'y a qu'à prendre, c'est tout de choix; mais cela se paye, bien entendu.

DEUXIÈME CONSOLATION

Maintenant, faisons ensemble une petite enjambée. Nous sommes en 1870, et le moindre cordon bleu veut gagner cinq cents francs par mois, plus de la moitié de votre revenu.

Vous avez lâché votre bonne, chère madame, mais vous êtes demeurée élégante. Vous faites la cuisine, suivant l'exemple de la générale Z...; mais vous n'y touchez qu'à travers vos gants. Il faut se tenir!

Comment, avec cet air de distinction, oser paraître au marché?

Et, par Dieu! madame, adressez-vous à la fruitière : — Combien ce chapon? — Tant. — C'est bien, je vous l'achète; mais il n'est que plumé, et il me le faut prêt à être rôti, et tout de suite. Il me faut aussi cette belle salade, mais lavée et épluchée. Je prends ces poires et ce camanbert; et encore ceci; mais vous allez m'apporter le tout immédiatement.

Et la fruitière vous envoie vos provisions parées; et pour peu que vous ayez un appareil Jacquet, vous pourrez donner des dîners aussi recherchés que ceux de la veuve du général Z...

TROISIÈME CONSOLATION

— Ainsi, monsieur, selon vous, l'avenir appar-

tient aux fruitiers; mais alors tout le monde se
mettra fruitier.

— Pas tout le monde. Il y en aurait trop; néanmoins, les magasins de comestibles vont prendre
une énorme extension. — heureusement pour vous,
mesdames.

Vos bonnes vous avaient quittées: vous les re-
trouverez en boutiques; elles étaient maussades,
elles seront charmantes.

— Et les trente pour cent plus cher qu'au marché, appelez-vous ça un avantage?

— Et la concurrence, à laquelle vous ne pensez
pas, chère madame?

Nous n'avons encore que deux fruitiers par rue;
nous en aurons dix: et il faudra nonobstant que tout
leur approvisionnement se consomme. Leur marchandise n'est pas de celle qui peut se conserver.
Pas de grèves possibles à MM. les crémiers; ils seront quand même forcés de vendre.

Il y aura abondance; donc il y aura bon marché
à votre profit.

IX

L'ÉPOUVANTAIL

— Voyons, chère madame, un peu de franchise. Croyez-vous à Jupiter?

— Non! païen que vous êtes!

— Vous avouez donc n'être pas sortie de sa cuisse! Comment alors votre dignité de bourgeoise peut-elle se trouver froissée par les dédains de la *gent domestique?* Oui, madame; et en y regardant bien, vous allez voir que rien ne vous oblige à *ne point* vous passer d'*elle*. — Car,

Vous avez des rideaux; qui donc les monte?

Vous avez des tapis; qui les pose?

Vous avez du linge; qui le blanchit?

Vous avez des dentelles; qui les raccommode?

Vous avez des pendules; qui les remet à l'heure?

Vous avez des parquets ; qui les frotte ?

Vous usez de l'eau ; qui vous la monte ?

Vous buvez du vin ; qui l'encave et le met en bouteilles ?

Vous brûlez du bois ; qui le coupe ?

Vous portez des fourrures ; qui en a la garde ?

Sont-ce vos gens ? Non ! non ! non ! Et vous ne sauriez vous passer de domestiques ?

Ce qui vous choque le plus, c'est l'existence du verbe *se servir ;* mais comment se fait-il, madame, que je vous l'aie entendu prononcer *ce mot,* des fois, avec un air plus que satisfait ?

Vous avez un amour de robe ; on vous demande chez qui vous vous servez, et vous répondez en vous cambrant la taille :

— Oh ! je me sers chez Wortz.

— Votre chapeau est un bijou ; chez qui vous servez-vous ?

— Je me sers chez Corydon.

— Dieu ! les jolis cheveux ! Si je pouvais m'en procurer de semblables ; chez qui...?

— Chez Épaminondas.

— Laissez-moi examiner l'intérieur de votre corset ; chez qui, etc.?

— Chez M. Coriolan.

— Oh! comme cette bottine vous diminue le pied; chez qui vous servez-vous donc?

— A la confection.

— Souffrez que je touche un peu votre ceinture-ventrière; chez qui vous servez-vous?

— Chez M. Ducourtioux.

— Ciel! que cette dinde est exquise! et que les truffes en sont adorables! Chez qui vous servez-vous?

— Je me sers chez Potel et Chabot.

— Vous vous servez *vous-même* chez Potel, — vous en convenez : vous-même! Et le verbe possessif, JE ME SERS, vous épouvante! Non, madame, non! Cela n'est pas sérieux, et je n'ai pas eu tort de parler d'*épouvantail.*

Madame de Saint-Maœul, née Bonbonine, fut épousée pour ses beaux yeux aussi elle fait la cuisine elle fait le marché, elle se coiffe, elle récure et balaye mais...

(Page 189.)

LIVRE SEPTIÈME

DANS LE GRAND MONDE

I

LA CEINTURE D'ACIER

BAPTISTE ET GONTRAN

— J'ai un ami qu'on appelle Gontran.

— N'est-ce pas son vrai nom?

— Vous allez voir. Un jour, j'arrivai chez Gontran pendant qu'il se faisait habiller.

— Ah! il ne s'habille donc pas lui-même?

— Apparemment... Au moment où j'entrai, ils en étaient à cette phase de la toilette où Baptiste lui bouclait une ceinture d'acier.

— Une ceinture d'acier, qu'est-ce que c'est que ça?

— C'est un... Non! souffrez que je me taise à cause des dames.

Enfin, nous fûmes seuls : — Gontran, lui dis-je, je te sais brave; mais il est de ces secrets que la prudence, sinon la pudeur, nous commandent de laisser ignorer, même à Baptiste. Ta femme te connaît-elle cette incommodité? — Ah! mais non, s'écria Gontran. — C'est spirituel de ta part, mon ami; mais ce n'est pas suffisant. Crois-moi, il ne faut humilier personne. — Humilier Baptiste! Plaisantes-tu! fit-il en pouffant de rire; Baptiste est-il quelqu'un? Un domestique! — Il est donc muet? demandai-je? — Pas du tout! — Eh bien! le jour où tu le congédieras, tout le quartier de la rue Godot saura ce que tu portes. — Allons donc! Si l'on t'écoutait, il faudrait bientôt s'ess... soi-même.

LA NOURRICE DE GONTRAN

Un jour qu'on disait devant lui que l'enfant

ressemble toujours à son père : — Quelle bêtise ! s'écria Gontran, en désignant un portrait ; voyez un peu si nous nous ressemblons ?

— Si vous différez par les traits du visage, vous vous rapprochez sans doute par le tempérament.

— Quelle charge ! répondit Gontran ; je suis carré comme une tour, et mon père est long comme une asperge.

— Alors vous avez les mêmes goûts.

— Quelle stupidité ! fit Gontran ; mon père n'est heureux que dans son cabinet ; et moi, je ne songe qu'à soulever des fardeaux.

— Est-ce que votre mère vous a nourri de son lait ?

— Quelle sottise ! s'écria Gontran, elle avait bien autre chose à faire.

— Est-ce que vous êtes fils unique ?

— Quelle demande ! ricana Gontran ; à moins que vous ne preniez cet animal de Baptiste pour mon frère ?

— Pourquoi voulez-vous que je suppose cela ?

— Eh ! parce que sa mère est ma nourrice !

LA NAISSANCE DE GONTRAN

Madame Gontran avait vingt ans, tout juste, lorsqu'elle devint mère. Ce ne fut pas pour elle un

16.

bonheur sans mélange. Elle aimait les sauteries à
l'adoration; et, quoique robuste, elle craignit de
compromettre sa jolie taille en nourrissant.

M. Gontran (*père*) était noble, très-noble, mais
c'était tout. Fonctionnaire très-considéré, peu ré-
tribué; confiné dans un appartement étroit; ré-
duit au service d'une bonne seule; il lui était impossible, quelque envie qu'il en eût, d'admettre
une nourrice à partager le toit conjugal. Il pria donc
madame de vouloir être bonne mère; mais on lui répondit qu'une aussi chère et tendre épouse ne pouvait décemment, et pour une première fois, s'ex-
poser au hasard probable d'une déformation.

En présence d'un argument de cette force, toute
insistance devenait incongrue; et Gontran fut mis
en nourrice.

LE DÉPART DE GONTRAN

« Madame la nourrice, je vous confie mon bébé,
» mon Gontran, mon cher trésor, mon amour, mon
» tout!... »

Et la nourrice emporta le bébé.

LA MORT DE GONTRAN

Et pendant le voyage Gontran mourut; ce qui

n'empêcha pas la nourrice de poursuivre sa route ;
et d'écrire que le petit Gontran se portait à mer-
veille.

Et les semaines s'écoulaient ; et la mère envoyait
du sucre et du savon.

Et des semaines passées, la mère, fraîche, rose,
relevée, rétablie, la taille refaite ; — la mère prit
le chemin de fer qui passe par Chartres.

Et elle arriva chez la nourrice — qui lui présenta
un bébé de la plus belle venue.

Et tous les mois, la mère de Gontran revenait
voir le Bébé qu'elle appelait son bébé chéri.

Et elle portait du sucre et du savon à la nourrice,
qui s'extasiait comme l'enfant ressemblait à son
père.

Au bout d'un an, l'enfant fut sevré ; et la nourrice le remit à la madame qui se croyait sa mère,
la mère du Gontran mort depuis douze mois.

Et cette maman, ravie, combla de cadeaux la
bonne nourrice et ses petits... les petits frères de
Bébé.

GONTRAN EST MORT, VIVE GONTRAN!

Et voici comment avait raisonné la nourrice, le jour où il arriva à Gontran de trépasser :

« Le petit de la dame est mort; le mien le rem-
» placera. Moi j'en ai un tous les ans. Moi, je ne
» me prive pas d'en avoir, au contraire. Moi, je
» n'ai pas de taille. Moi, je fais le métier de nour-
» rice. Je dirai que c'est le mien qui est mort. »

Et elle le dit ainsi, et personne ne douta de sa déclaration.

Et c'est ainsi que l'enfant de la nourrice devint le fils du noble; qu'il fut environné de dentelles; et que, maintenant, son mouchoir de poche fait songer aux croisades, quand on voit l'écusson gravé sur ses quatre coins.

Et la fille d'un millionnaire devint marquise en l'épousant.

Et **M.** le marquis se fait chausser, laver, essuyer par un valet qui lui est venu du pays Chartrain, plus loin que Chartres.

Et ce valet, qui s'appelle Baptiste, est le propre frère de M. le marquis, lequel ne sait pas lui-même boucler son bandage.

II

M. ET Mme DE SAINT-MACOUL

Mme de Saint-Macoûl, née Bonnemine, fut épousée pour ses beaux yeux ; aussi elle fait la cuisine :
elle fait le marché ; elle se coiffe ; elle récure et
balaye ; — mais elle met des gants.

M. de Saint-Macoûl ? C'est l'ordre ; c'est l'employé propre, économe et rangé.

Chaque matin il met habit bas — ou, pour dire
plus vrai, il reste en bras de chemise ; cette tenue
simple et facile lui sourit pour aider à madame.
Bref, ils font le ménage ensemble.

Donc M. de Saint-Macoûl frotte, cire, brosse,
nettoie les habits, le parquet, les souliers et les
meubles.

Ensuite il part pour son ministère.

M. et Mme de Saint-Macoûl ont beaucoup de connaissances; non point de celles que l'on est tenu à recevoir; mais de celles chez qui l'on se fait inviter.

Mme de Saint-Macoûl, née Bonnemine, a des parents qui nagent dans l'aisance. Ces parents ont des domestiques. Des domestiques ! En être privé soi-même, et en voir chez les autres... chez des parents ! Quel supplice ! Mais aussi comme on s'en donne pendant qu'on y est et qu'on les tient. Voici les Saint-Macoûl qui font leur entrée, attention :

« — Sophie, ôtez mon manteau. Sophie ! prenez
» mon chapeau, et mon mouchoir, et mes gants, et
» mon en-cas. Sophie ! enlevez mes caoutchoucs.
» Sophie ! un bouillon et des pantoufles ! »

Mme de Saint-Macoûl, qui adore les promenades en voiture, ne se permet jamais que l'omnibus; excepté quand elle trouve à se faire offrir un fiacre. Cette douceur, hélas ! ne lui est que trop rarement payée; mais, dame ! quand l'occasion vient, comme on la saisit; et quel tapage ! Il faut que tout le quartier puisse en parler trois jours. (Ce n'est pas le quartier de la Madeleine.)

A table, chez les de Saint-Macoûl, la nappe a toutes les chastes apparences de la moleskine ; ce tissu vertueux suffit à leur bonheur.

Chez leurs parents aisés, la toile de Saxe la plus fine, la plus riche, la plus blanche et la plus irréprochablement calandrée, leur est indispensable pour qu'ils puissent honnêtement dîner : et ils y tiennent.

Ah ! oui, Mme de Saint-Macoûl y voit clair chez les autres ; et c'est heureux, car, sans son œil, on eût risqué de franchir le milieu du repas sans s'apercevoir que les crevettes manquaient.

Quel oubli ! Vite ! qu'on s'en procure au galop et à tout prix !

Holà ! cuisinière, tenez-vous ferme ; c'est aujourd'hui le jour de Mme de Saint-Macoûl.

Hélas ! comment qu'elle s'y prenne, Sophie aura du mal à faire trouver le gigot tendre, le filet saignant, les pois petits et les asperges honorables.

— Sophie ! Sophie ! vous avez oublié le gibier.

— Mais non, monsieur.

— Comment, non ? Écoutez la voix de Mme de Saint-Macoûl ; c'est de vous qu'elle se plaint à sa sœur : « Dis donc, Zélie, est-ce que ta cuisinière « se *fiche* de toi, qu'elle nous sert comme rôti quatre « perdrix en tout, pour cinq personnes ? »

M. de Saint-Macoûl découpe, et puis il sert à
boire, toujours en lançant le mot pour rire; on
l'écoute comme un oracle; il est charmant. Le vin
vient-il à manquer, vous croyez qu'il en demande?
allons donc! Il aime mieux s'écrier : « Ah! qu'ici
« l'on boit de bons coups; mais ils ne sont pas
« drus! »

Mme de Saint-Macoûl pose pour la duchesse.

D'aucuns pourraient se laisser prendre à ses airs,
n'étaient les pieds qu'elle ne peut parvenir à dissi-
muler quand elle marche.

A table, elle ne marche pas, elle trône; mais elle
cesse d'être impératrice en même temps qu'on apporte le dessert. A son goût immodéré pour le fromage, vous retrouvez Mlle Bonnemine, la bourgeoise.

III

NOUVEAU JASON

JASON.

Vous nous quittez déjà? Mais ce n'est pas se voir. Si je ne craignais de vous faire faire un détestable dîner, je vous dirais de rester; au moins, nous passerions ensemble la soirée, mais je n'ose... Ah! quel insupportable pays que le vôtre pour se faire servir! Oh! ces Épinois! On n'est plus servi. Voilà quatre mois que ma femme cherche une cuisinière sans avoir la moindre chance d'en trouver une... C'est intolérable!

CADMUS.

N'exagérez-vous pas?

JASON.

Je ne dis pas la moitié de ce qui en est.

17

Les domestiques en sont arrivés à un tel degré d'exigence et de mauvais vouloir, qu'on ne sait plus par quel bout les prendre. Il n'y a plus moyen d'en avoir raison.

Ah! quelle époque! Plus de foi religieuse, plus de foi politique, plus de croyances à rien! Mon pauvre ami, la société est bien malade, allez!

Je vous demande où nous conduira cet esprit d'indépendance! Si cela continue, il nous faudra *nous servir nous-mêmes...*

CADMUS.

Vous croyez que nous en soyons là?

JASON.

J'en suis sûr. Prenez-en votre parti.

CADMUS.

Eh bien, c'est précisément ce que j'ai fait,—depuis longtemps, — sans penser en tous points comme vous; —et, puisque les domestiques regimbent, ma foi! nous nous passerons d'eux : nous nous servirons; je me servirai.

JASON.

Vous-même?

CADMUS.

N'est-ce pas ce que vous disiez?

JASON.

Jamais!

CADMUS.

Ce n'était donc pas sérieux?

JASON.

Et que deviendrait la société sans domestiques!

CADMUS.

Quelle société?

JASON.

Qui? Mais vous, moi, le monde, les gens comme
il faut. — Ainsi, selon vous, ma femme en arrive-
rait à faire son ménage, et la vôtre à soigner son
pot-au-feu?

CADMUS.

Vous y étiez pourtant résigné, il y a cinq minutes.

JASON.

Hé! quoi! Parce que je déplorais ironiquement
les absurdes systèmes qui égarent et pervertissent
les masses, vous vous êtes imaginé que je coupais
dans ces idées! Ah! mon cher, il n'y a même pas
possibilité de discuter avec vous.

CADMUS.

Tiens! nous discutions? Voilà qui m'étonne.

Je vous trouve plein d'alarmes et de lamentations, criant et désespérant de tout; je ne vous contrarie pas, je tire sur la même corde; je crois
même, par politesse, devoir aller presque aussi loin
que vous. Enfin je m'attends à vous voir me sauter
au cou, quand, patatras! je reçois en plein estomac
une décharge à mitraille. Ah! nous discutions; il
fallait donc le dire.

JASON.

Comment, le dire? Vous m'avez cru capable de
partager vos ridicules théories?

CADMUS.

Des théories? Je ne m'èn suis jamais payé.

JASON.

Alors vous êtes fou. Il est des travaux qu'un
homme bien élevé ne s'abaissera jamais à faire.
Oui, le jour où décidément l'on ne trouvera plus à
se faire servir, — nous nous lèverons en masse,
nous organiserons une autre expédition des Argo-
nautes, et nous partirons pour *la conquête des
esclaves*.

CADMUS.

Mon cher, cette idée n'est certainement pas d'un
bourgeois; mais pourquoi n'êtes-vous pas plutôt
millionnaire?

I V

COMMENT ON DEVIENT BOURGEOIS

LE BAL DE LA SÉNÉCHALE

— Allez-vous au bal de la sénéchale?

— Si j'y vais? Mais je le crois bien! On ne manque jamais un bal de la sénéchale : c'est une solennité. On est sûr d'y rencontrer la fleur des pois; et quelles charmantes gens! N'êtes-vous pas invité?

— Si; mais je ne sors plus guère.

— Tant pis! Allons! venez-y; vous leur ferez le plus grand plaisir.

Il y avait foule au bal de la sénéchale :

17.

Je regardai danser.

— Quel est ce beau jeune homme que l'on s'arra-
che? Le voici qui valse avec Mme Z...?

— Mais vous ne connaissez que ça !

— Non.

— Aristide? le fils de la...

— Comment ! il vient ici?

— Comme il va partout. Tenez, il vous a vu, et
il vous salue.

— C'est inimaginable! Il a donc mis la main sur
un père ?

— Non; mais il est clerc d'avoué; comme tel il a
droit de bourgeoisie; et il est invité aux bals qui se
donnent dans le grand monde.

— Et sa mère?

— Elle continue à faire des ménages.

HISTOIRE D'ARISTIDE

racontée par lui-même

LA RECOMMANDATION

Je n'ai jamais connu mon père, et je doute que
personne en ait jamais entendu parler, si ce n'est
le supérieur de *** et ma mère.

Quand nous arrivâmes à Épinay, je marchais déjà seul; néanmoins, ma mère me prit à son cou, pour aller porter ses lettres de recommandation au vénérable chanoine.

Je n'oublierai jamais la maison.

En y entrant, ma mère me dit : « Veux-tu bien pleurer, méchant drôle! » et je fondis en larmes.—Quand nous en sortîmes, elle me dit en m'embrassant : « Voyons console-toi. » En effet, ce fut la fin de nos peines.

Le lendemain, on me mit à l'école, et ma mère fut demandée, pour aider, dans les maisons les plus recommandables d'Épinay, grâce au supérieur.

C'était à qui l'aurait.

Quand nous arrivâmes à Épinay, nous n'avions rien, pas même une malle.

Au bout de quelques jours notre chambre était remplie de linge et de vêtements.

Tous les habits étaient pour moi; jamais je ne les portai; ma mère les vendait et m'en achetait des neufs.

LES MÈRES CHRÉTIENNES

J'eus dix ans. J'intéressais tout le monde. Qu'allait-on faire de moi ?

Les avis étaient partagés. Les tièdes parlaient de me mettre au collége ; mais les mères chrétiennes crièrent au sacrilége; elles ne comprenaient pas que je pusse être confié à d'autres mains qu'à celles des bons frères de la Doctrine.

Il y eut un scrutin.

La confrérie des mères chrétiennes l'ayant emporté d'emblée, je fus placé chez les Ignorantins.

J'y vivais choyé et dorloté... mais des difficultés s'étant élevées entre le parquet de M. le procureur impérial et notre école, sous prétexte que l'enseignement moral y était trop au-dessus des forces physiques des élèves, l'établissement fut évacué par ordre.

TROP INTELLIGENT POUR
FAIRE UN OUVRIER

Qu'allais-je devenir ? Je n'étais plus un bambin pour la candeur ; mais je n'avais pas encore la taille d'un adolescent.

— Si l'on essayait de le faire admettre au séminaire ? dirent les mères chrétiennes.

— Ah ! pour cela, non ! fit ma mère imprudemment ; en voilà assez. J'aime mieux qu'il apprenne tout de suite un état.

— Il est encore bien faible, dirent les unes.

— Il est bien trop intelligent pour faire un ouvrier, crièrent les autres.

— Eh quoi ! murmurais-je tout bas, il n'y a donc que les abrutis à qui il soit permis d'apprendre à se tirer d'affaire...

Apparemment, car je fus mis au collége.

Quel honneur ! Je tutoyais le fils de l'adjoint, le fils du receveur, et le fils de M. le sénéchal, chez qui ma mère allait en journée.

. . . .

LE CLERC D'AVOUÉ

Je sortis du collége.

Qui fut embarrassé de lui ? C'est moi.

Qui fut embarrassé de moi ? C'est ma mère.

J'étais bien *trop intelligent* pour ne pas mourir de faim.

Nous avions de l'argent assez pour que je pusse m'établir ferblantier, mais non pour pouvoir m'acheter une étude.

Que faire, sinon des copies ?

Je fus copiste, chez un huissier d'abord, et puis après chez un avoué dont j'avais tutoyé le fils au collége.

LE LIVRE D'OR

Ma mère faisait toujours des ménages : on l'appelait *une telle;* mais moi, clerc d'avoué, fils d'une telle, on m'appelait monsieur Aristide. On me saluait. On m'invitait, parce que c'est la mode, parmi les bourgeoises d'Epinay, d'inviter MM. les clercs d'avoué pour avoir leurs jambes.

Oui, monsieur, quand on donne un bal à Epinay-sur-Seugne, on commence par faire prendre chez MM. les avoués les noms de MM. leurs clercs. — Ces noms sont inscrits sur LE LIVRE D'OR des bourgeois; et leur inscription constitue, pour l'avenir, un état civil suffisant pour nous faire ouvrir les maisons les plus collet-monté.

Je suis clerc; de droit je suis inscrit sur la noble liste; de droit je suis invité à coudoyer la fleur des pois; et la preuve, — c'est que vous me voyez au bal; c'est que je fais danser la sénéchale et la fille de la sénéchale; que je fais danser les dames chez qui ma mère va en journée, et que c'est à qui m'aura pour valseur.

LES VISITES

Or, vous savez : quand on a été au bal, il est

d'usage de faire visite ; j'irai donc rendre visite à
la sénéchale, dans la semaine. — Je le dois ; je ne
ferai que mon devoir ; comme ma mère ne fera que
le sien, en venant m'ouvrir la porte quand je son-
nerai, si elle se trouve en journée chez la sénéchale.

LE DROIT DE BOURGEOISIE

Là-dessus il me quitta.

C'était l'heure du cotillon : c'est lui qui le con-
duisait.

Survint un quidam de la banlieue.

— Vous paraissez connaître la coqueluche de ces
dames ?

— Un peu, lui dis-je.

— Comment s'appelle ce monsieur ?

— On le nomme Aristide.

— Aristide quoi ?

— Aristide tout court.

— Son père ?

— Ne s'est pas encore montré, et le fils n'a pas le
droit légal d'aller à sa recherche.

— . . . . Orphelin !
Entre les bras de Dieu jeté dès son enfance
Et qui de ses parents n'eut jamais connaissance ?

— Pardon, il a sa mère.

— Que fait-elle ?

— Des ménages.

— Et lui ?

— Clerc d'avoué.

— Il a *droit de bourgeoisie.*

V

UN DÉJEUNER EN TROIS ACTES

Personnages

DE LA BORNE. — DU JALON. — UNE BONNE.

ACTE PREMIER

SCÈNE UNIQUE

DE LA BORNE, *seul.*

(*Lisant*) « Adolphe du Jalon (de Gemozca), à

son ami de la Borne, propriétaire rentier à Épinay-sur-Seugne.

> » Mon bon camarade,

> » Si l'affaire Trainard m'appelait demain à Épi-
nay, j'en profiterais pour aller te serrer la main à
l'heure de votre déjeuner. Amitiés à madame de
la Borne.

> » Ton dévoué et sans façons,

> » A. DU JALON. »

ACTE DEUXIÈME

À Épinay, le lendemain annoncé. — Onze heures sonnent à
la paroisse de Saint-Vivien.

SCENE PREMIÈRE.

DE LA BORNE, DU JALON.

(On frappe, de la Borne va ouvrir.)

DU JALON, *entrant.*

Tiens ! c'est toi qui viens m'ouvrir ? Comme
c'est aimable ! tu m'attendais, ça va bien ?

DE LA BORNE.

Ah ! mon ami ! tu me vois désolé. Madame de
la Borne est partie pour aller voir sa fille... je ne
sais où donner de la tête.

18

DU JALON.

Tes enfants sont malades ?

DE LA BORNE.

Mais non ! Au contraire, c'est toi qui vas faire un déjeuner détestable. Tu sais, quand ma femme n'y est pas.....

DU JALON.

Tu te moques de moi ? Voyons ! Il est onze heures ; en voilà six que je suis debout ; et puisque c'est prêt : A table !

DE LA BORNE.

Prêt ! A table ! Que dis-tu ? Tu n'as pas compris ? La bonne n'est pas encore revenue du marché.

DU JALON.

Alors, ça te contrarie que je sois venu déjeuner.

DE LA BORNE.

Ah ! Jalon ! qu'oses-tu dire ! Mais ne sais-tu pas que, nous autres hommes, ne pouvons absolument rien entendre à la cuisine ?

DU JALON.

C'est vrai ; preuve, que Brillat-Savarin, Carême, Berchoux, Custine, Chevet, Potel et le baron Brisse n'ont jamais été que de gâte-sauces.

Ainsi, tu ne serais pas capable de te faire cuire un œuf ?

DE LA BORNE.

C'est la vérité.

DU JALON.

Eh bien ! tu vas voir comment je m'y prends, moi : A l'ouvrage !

DE LA BORNE.

Adolphe ! je t'en prie, calme-toi ! donne à Sophie le temps de rentrer.

DU JALON.

Est-il indispensable qu'elle soit arrivée pour que nous déjeunions ?

DE LA BORNE.

Sans doute ! que mangerions-nous ?

DU JALON.

Tu n'as pas dîné chez toi, hier ?

DE LA BORNE.

Mais si !

DU JALON.

Alors tu as tout mangé : il ne reste rien ?

DE LA BORNE.

Est-ce que je puis le savoir ?

DU JALON.

Quel excellent mari tu fais !

Et tu ne sais même pas où se trouve le garde-manger ?

DE LA BORNE.

Non ! Mais nous pouvons chercher.

DU JALON.

Ah ! c'est heureux ! ... Le voici ! Je commence l'inventaire : du beurre... du fromage... un pâté... du pain...

DE LA BORNE.

Du pain d'hier !

DU JALON.

Heureusement ! Il est rassis. Je continue... des olives... Ciel ! Un gigot presque entier! Tu n'as que cela à m'offrir ; je meurs de faim, et tu veux que j'attende ta cuisinière !

DE LA BORNE.

Mais tout cela n'est pas présentable ; d'ailleurs c'est du froid.

DU JALON.

Tant mieux ! j'adore les viandes froides, et toi?

DE LA BORNE.

Moi aussi ; mais ce n'est pas comme il faut!

DU JALON.

Tu dis?...

DE LA BORNE.

Que ce n'est pas bon genre.

DU JALON.

Avoue donc tout de suite que tu n'as pas faim ?

DE LA BORNE.

Moi? Au contraire, et si le déjeuner était prêt...

DU JALON.

Eh bien! apprêtons-le.

DE LA BORNE.

Le couvert n'est pas mis.

DU JALON.

Soit! Mettons-le.

DE LA BORNE.

Nous-mêmes?

DU JALON.

Au fait! ne le mettons pas!

DE LA BORNE.

Tu oserais manger sans nappe?

DU JALON.

Ah! je me le demande! Ainsi! à table, et laisse-toi faire. — Cette tranche de gigot?

DE LA BORNE.

Je t'ai dit que nous ne mangions pas de gigot froid.

DU JALON.

Alors du pâté?

DE LA BORNE.

Nous ne commençons jamais par le pâté.

DU JALON.

C'est comme chez moi... quand il y a autre chose à s'offrir auparavant, par exemple du gigot, dont je me sers ce morceau... Vois comme il est tendre.

DE LA BORNE.

Du Jalon!...

DU JALON.

Pardon, mon ami, j'expire!

18.

DE LA BORNE.

Arrête !... j'entends venir la bonne.

DU JALON.

Moi aussi, je l'entends venir.

DE LA BORNE.

Mais dans une demi-heure tout sera prêt !

DU JALON.

Dans dix minutes j'aurai fini... Mais je m'aperçois que j'ai soif et que je ne bois pas... Si tu me versais du vin ?

DE LA BORNE,

Je vais t'en faire monter.

DU JALON.

Inutile, en voici.

DE LA BORNE.

C'est du bordeaux.

DU JALON.

Je ne m'en plains pas.

DE LA BORNE.

C'est qu'il est mieux de boire du vin de Bourgogne à déjeuner.

DU JALON.

Merci ! Il me porte à la tête.

DE LA BORNE.

Et à moi aussi.

DU JALON.

Farceur ! Et vous en buvez quand même ?

DE LA BORNE.

Puisque c'est admis !

SCENE DEUXIÈME.

Les mêmes. — Sophie.

SOPHIE.

Est-ce que ces messieurs voudront bientôt déjeuner ?

DU JALON.

Mon enfant, il faut demander cela à de la Borne ;
car pour moi, vous le voyez, c'est à peu près terminé.

SOPHIE, *éclatant.*

Monsieur a déjeuné ?

DU JALON.

Oui ! et d'aplomb.

SOPHIE.

Ah ! mon Dieu ! Sans couvert mis, sans serviette.
sans nappe, sans rien du tout !

DE LA BORNE, *avec humeur.*

Mais je n'ai pas déjeuné, moi !

SOPHIE.

Oh ! je sais bien que monsieur ne serait pas capable d'en faire autant !... Et puis... si madame venait à le savoir...

DE LA BORNE.

Voyons ! dépêchez-vous !

SOPHIE.

Je sers monsieur à la minute : le temps d'allu-
mer mon feu, d'écailler mon poisson, de parer mes
côtelettes, d'éplucher mes radis, de...

DU JALON, *l'interrompant.*

Très-bien ! Mais, dites-moi, Sophie, on ne comp-
tait donc pas sur moi pour aujourd'hui ?

SOPHIE.

Faites excuse, monsieur, on vous attend depuis
hier.

DU JALON.

Comment, depuis hier ? Je m'étais annoncé pour
onze heures, voici qu'il est midi et vous revenez
seulement des provisions !

SOPHIE.

Sans doute, monsieur. Toutes les fois que nous
recevons *une personne de conséquence,* madame me
fait retarder le déjeuner. C'est plus comme il faut.

DU JALON, *à part.*

Comme c'est agréable pour l'homme conséquent
qui en a des crampes d'estomac !

SOPHIE.

On dirait que ce n'est pas l'avis de monsieur ?

DU JALON.

Oh ! moi, voyez-vous, Sophie, je suis un homme
très-simple. Je déjeune quand j'ai faim, ne fût-il
que onze heures ! Mais cela ne m'empêche pas de
respecter les convictions de votre maîtresse, ma-

dame de la Borne, née du Fardeau... Maintenant, je ne vous retiens plus.

(Sophie sort.)

ACTE TROISIÈME

Le couvert est mis.

SCÈNE UNIQUE

De la Borne, du Jalon, Sophie

SOPHIE.

Monsieur est servi !

DU JALON, *à de la Borne*

Pauvre ami ! comme tu dois avoir faim !

DE LA BORNE.

Ma foi ! je n'en sais plus rien.

DU JALON.

Laisse-moi te servir, puisque je ne mange pas. Une côtelette ?

DE LA BORNE.

Je ne m'en soucie pas.

DU JALON.

Un filet de sole ?

DE LA BORNE.

On ne voit plus que ce poisson-là tous les jours !

DU JALON.

Du beurre ?

DE LA BORNE.

Non !

DU JALON.

Des radis ?

DE LA BORNE.

Non, merci ! Je redoute les aigreurs.

DU JALON.

Tu es donc malade ?

DE LA BORNE.

Non ! j'ai trop attendu ; mon heure est passée, et ma faim avec elle.

DU JALON.

Mange toujours.... essaye....

DE LA BORNE.

Alors passe-moi du gigot froid.

DU JALON.

Plaît-il ! Après la scène de tout à l'heure ?

DE LA BORNE.

Dame ! il n'y avait rien de prêt ! Et puis, tu comprends, ON NE PEUT PAS SE SERVIR SOI-MÊME.

(Page 211.)

LIVRE HUITIÈME

AUREA MEDIOCRITAS

I

UNE SEMAINE SUR CINQUANTE-DEUX

LUNDI

Une salle à manger à la campagne.

Monsieur, Madame.

(Monsieur et madame ont fini de diner. — La bonne a enlevé
le couvert et remplacé la nappe par une toile cirée. — Mon-

sieur prend les pincettes, allume un cigare et se tient debout devant la cheminée. — Madame prend son crochet, monsieur fume.)

MADAME.

Tu ne me dis rien?

MONSIEUR.

Que veux-tu que je te dise?

MADAME.

Eh bien! lis-moi quelque chose.

MONSIEUR.

Tu sais bien qu'on ne lit pas en sortant de table.

MADAME.

Si nous faisions une partie?

MONSIEUR

Une partie de quoi?

MADAME.

De ce que tu voudras.

MONSIEUR.

Tu t'ennuies donc?

MADAME.

Non; mais je suis sûre que tu vas dormir. Si nous sortions un peu? (*Elle va ouvrir la fenêtre.*) Il pleut à verse! Ah! quel ennui!

MONSIEUR.

C'est vrai.

MADAME.

Tu veux jouer?

MONSIEUR.

Jouons! *(Ils jouent.)*

MADAME.

Tu ne fournis pas? Tu dors.

MONSIEUR.

Mais non!

MADAME.

Mais si!

MONSIEUR.

Allons nous coucher!

MARDI

.   .   .   .

.   .   .   .

.   .   .   .

Comme lundi.

MERCREDI

Encore la salle à manger.

Monsieur, Madame.

(Monsieur et madame ont fini de dîner. — La bonne a enlevé le couvert et remplacé la nappe par une toile cirée. — Monsieur prend les pincettes, allume un cigare et se tient debout devant la cheminée. — Madame prend son crochet, monsieur fume.

MADAME.

Tu ne me dis rien ?

MONSIEUR.

Il fait un temps superbe : si nous sortions un peu ?

MADAME.

Mais il fait noir comme dans un four !

MONSIEUR.

C'est vrai !

MADAME.

Eh bien ! ça m'est égal ! J'aime mieux aller me promener que de te voir dormir... pourvu que tu dises à ton domestique de nous éclairer.

MONSIEUR.

Tu es folle !

MADAME.

Pas du tout ! Je veux savoir sur quoi je marche ; et puis j'ai peur quand il fait noir.

MONSIEUR.

Quel plaisir !

MADAME.

Quand on n'en a pas d'autres.

MONSIEUR.

Mais c'est absurde de se promener avec une lanterne ; si seulement nous avions un but de promenade !

MADAME.

Je ne demande pas mieux ; allons passer la soirée chez les *du Renclos*.

MONSIEUR.

Y penses-tu? A cette heure!

MADAME.

Il en est huit à peine.

MONSIEUR.

Mais il en sera neuf quand nous arriverons chez eux!

MADAME.

Eh bien, Jean viendra nous chercher avec la voiture.

MONSIEUR.

Il ne manquerait plus que cela!...

MADAME.

Tu ne veux jamais rien.

MONSIEUR.

Est-ce de ma faute? D'ailleurs, ce n'est pas possible : tu sais ce que j'ai à faire demain matin.

MADAME.

Je ne t'en empêche pas!

MONSIEUR.

Si! Tu nous ferais rester jusqu'à onze heures... nous ne serions pas de retour à minuit; alors songe un peu à la figure que ferait ta bonne.

Et Jean! Jean, avec qui il me faudra rester jusqu'à ce qu'il ait dételé, remisé la voiture, pansé ses chevaux, fait la litière, éteint sa lumière et fermé les portes de l'écurie!

19.

MADAME.

Qui t'y oblige?

MONSIEUR.

Rien, s'il m'est égal de trouver tout épars, tout à l'abandon, demain, quand il se lèvera sur le coup de huit heures.

MADAME.

Il se lèverait à huit heures?

MONSIEUR.

A moins que je n'aille moi-même l'éveiller.

MADAME.

Tu le sonneras.

MONSIEUR.

Pourquoi faire?

MADAME.

Il n'y a donc plus possibilité de compter sur rien?

MONSIEUR.

Il y a moyen de compter sur soi; mais tu ne veux pas en entendre parler!... Quand comme toi on a été élevée comme une duchesse...

MADAME.

Ah! tu m'agaces! Eh bien! tant pis! allons-y tout de même.

MONSIEUR.

Soit! Mais songe qu'il y a spectacle demain à Epinay-sur-Seugne; et que si Jean nous conduit ce soir chez les *du Renclos*, demain, au moment de partir pour le théâtre, il aura trouvé le moyen de faire

estropier les chevaux, ou de démantibuler les harnais.

MADAME.

Il en serait capable?

MONSIEUR.

Serait-ce la première fois?

MADAME.

Eh bien, allons nous coucher.

JEUDI

*(Jour de spectacle à
Epinay-sur-Seugne.)*

La salle à manger.

Monsieur. — *Madame.* et puis *la Bonne.*

Monsieur et madame ont diné. — Madame a des fleurs dans
cheveux. — Monsieur allume un cigare. etc.

MADAME.

Eh bien! tu ne t'apprêtes pas

MONSIEUR.

Moi? Je suis prêt.

MADAME.

Alors pourquoi ne dis-tu pas d'atteler: nous
n'arriverons jamais à temps.

MONSIEUR. *il sonne, la bonne entre.*

Jean attèle-t-il?

ROSE.

Atteler? Il n'est pas près d'en avoir fini; nous ne faisons que de nous mettre à table. *(Elle sort.)*

MONSIEUR, *à madame.*

Vois-tu, c'est de ta faute.

MADAME.

Comment, de ma faute! Lui as-tu donné des ordres?

MONSIEUR.

On ne peut pas l'emmener sans qu'il ait dîné.

MADAME, *elle tire son mouchoir.*

Comme tu voudras.

MONSIEUR.

Tu vas encore pleurer. *(C'est ce qui arrive. Monsieur sort. Il rentre une grande demi-heure après.)* Eh bien, es-tu prête?

MADAME.

Il est bien temps, ce sera à moitié fini.

MONSIEUR.

Dame! tu n'es jamais contente... Il fallait peut-être que j'attelasse moi-même?

MADAME.

Je ne dis pas cela.

MONSIEUR.

Mais si, à peu près... Tu sais bien que Jean n'attend qu'une occasion pour se faire renvoyer.

MADAME.

Eh bien, renvoie-le!

MONSIEUR.

Que je le renvoie ! Et un autre ? *(On part.)*

APRÈS LE SPECTACLE

Sous le péristyle du théâtre d'Épinay-sur-Seugne.

Monsieur, Madame.

MADAME.

Je ne vois pas la voiture.

MONSIEUR.

J'avais pourtant recommandé à Jean d'être ici avant la fin du spectacle.

MADAME.

Ah ! mais je suis gelée !... Quel supplice ! Au moins, marchons. *(Les époux font quatre fois le tour du square. Au bout de trente-cinq minutes. Jean arrive.)*

Monsieur, Madame, Jean.

MONSIEUR, *peu maître de lui.*

Eh bien, Jean, c'est ainsi que vous exécutez mes ordres ?

JEAN.

Dâme, monsieur, on fait ce qu'on peut... Je me suis pourtant dépêché. Aussitôt que la dernière pièce a été jouée, j'ai couru à mes chevaux, et me voilà.

MONSIEUR.

Vous étiez donc au spectacle ?

JEAN.

Il me semble que monsieur ne m'a pas défendu d'y aller. D'ailleurs, on ne prend déjà pas tant de plaisir chez monsieur... et si l'on n'était pas content de mon service ?...

MONSIEUR.

C'est bien, je vous parlerai demain.

JEAN.

Tout de suite, si monsieur veut ?

MONSIEUR.

Assez ! (*A madame.*) Allons, monte.

(Madame monte, monsieur aussi, et la voiture part : Jean aborde de front tous les cassis dans toutes les rues d'Épinay-sur-Seugne. Néanmoins — grâce aux trottoirs absents — il ne peut parvenir ni à faire rompre les essieux, ni à faire s'abattre les chevaux. — On arrive même au manoir sans avoir versé.)

VENDREDI

Onze heures du matin.

Toujours la salle à manger.

Monsieur, Rose, et puis Madame.

ROSE, *entrant.*

C'est monsieur qui a sonné ?

MONSIEUR.

Eh bien! le déjeuner?

ROSE.

Monsieur, j'attends les ordres de madame.

MONSIEUR.

Qu'appelez-vous les ordres? Il est bientôt midi.
Voyons, servez et dépêchez-vous.

ROSE.

Madame n'a rien commandé.

MADAME, *entrant.*

Comment, votre déjeuner n'est pas prêt?

ROSE.

Madame n'a rien commandé.

MADAME.

Et votre couvert n'est pas seulement mis.
Et votre parquet n'est pas même balayé.
Et votre feu n'est pas dressé.
Et vos meubles ne sont pas essuyés... Vous n'a-
vez donc rien fait ce matin?

ROSE.

C'est qu'on s'est levé tard.

MADAME.

Alors vous venez de vous lever?

ROSE.

Mais non!

MADAME.

Mais si!

ROSE.

Si madame n'est pas contente de mon service,
elle n'a qu'à le dire, je ne resterai pas ici malgré
elle. Après tout, madame sait bien ce que c'est de
sa maison.

MADAME.

Que voulez-vous dire, insolente !

ROSE.

Et puis, du moment qu'on a des préférences pour
M. Jean et qu'on l'emmène à la comédie...

MADAME.

Ah ! c'est par trop fort !

ROSE.

Ce sera comme madame voudra. Alors qu'elle
me fasse mon compte, je suis assez demandée ail-
leurs.   .   .   .   .

.   .   .   .

VENDREDI *(suite)*

Sept heures du soir.

Encore la salle à manger.

Monsieur, Madame.

(Le potage fume. — Monsieur et madame se mettent à table et
parlent tous les deux à la fois.)

MONSIEUR.

Enfin, j'espère que cette fille est partie !

MADAME.

Enfin ! j'espère que cet homme n'est plus ici.

MONSIEUR.

Tu voulais que j'allasse étriller mes chevaux moi-même ?

MADAME.

Tu comptais me voir salir les mains à faire la cuisine ?

MONSIEUR.

Ah ! c'est trop fort !

MADAME.

Faut-il donc que tu sois faible !

MONSIEUR.

Alors elle reste ?

MADAME.

Il ne s'en va donc pas ?

MONSIEUR.

Au moins tu lui as lavé son bonnet d'importance à cette péronnelle ?

MADAME.

J'espère que tu lui auras posé des conditions à cet impertinent ?

MONSIEUR.

Moi ?

MADAME.

Moi ?

20

MONSIEUR.

Je lui donne une augmentation de deux cents francs.

MADAME.

Je lui fais cadeau d'une robe neuve, et je lui ai promis de l'emmener à Épinay chaque fois que nous irions au spectacle.

SAMEDI

. . . .

Enfin ! C'est donc demain dimanche !

DIMANCHE

. . . .

C'est demain lundi : ce soir, il faudra nous coucher de bonne heure.

II

DEMI-FORTUNE

Demi-fortune ! Quel mot expressif ! Comme il

peint la toute-puissance de la bourgeoisie ! — Demi-
fortune ! et vous songez immédiatement :

Au cabriolet-calèche,

Au cheval qui se monte et s'attèle,

Au cocher qui sert à table,

Et à la femme de chambre qui fait la cuisine.

— Mais, que deviendront les demi-fortunes?

— Tenez, j'entends venir Baptiste; je suis sûr
qu'il va nous renseigner; écoutez :

Baptiste, Monsieur.

MONSIEUR.

Qui frappe là?

BAPTISTE.

C'est moi, monsieur !

MONSIEUR.

Entrez ! que me voulez-vous ?

BAPTISTE.

Je voulais dire à monsieur que je trouve une
place de cocher dans une bonne maison.

MONSIEUR.

Et que faites-vous donc ici?

BAPTISTE.

Il est vrai que je mène les chevaux; mais indé-
pendamment de cela il y a d'autres ouvrages à faire
chez monsieur, tandis que, dans la place que l'on
m'offre, je n'aurai qu'une seule besogne.

MONSIEUR.

Et à quoi passeriez-vous le reste de votre temps,
ici, que nous ne sortons pas trois fois la semaine ?

BAPTISTE.

Je m'occuperais.

MONSIEUR.

Comment ?

BAPTISTE.

A mon travail.

MONSIEUR.

Etes-vous venu pour plaisanter ?

BAPTISTE.

Monsieur se trompe : aujourd'hui les domestiques ne plaisantent plus ; ils se respectent. — Aussi
est-il juste qu'on les prenne au sérieux, comme
cela se pratique dans toutes les bonnes maisons ;
notamment chez la marquise de Font-Couverte, où
Jean le cocher a seulement à conduire ses maîtres ;

Joseph le palefrenier à faire le pansage et les harnais ;

Louis le valet de chambre, la chambre et les
effets de Monsieur ;

Jacques le valet de pied, les commissions et les
appartements ;

Eugène le maître d'hôtel, le couvert et l'argenterie ;

Et Pierre le petit groom, à accompagner madame quand elle promène à pied... tandis que

moi *(il soupire)*, je suis obligé de faire l'ouvrage de
six domestiques.

MONSIEUR.

Vous êtes fou; et quoique vous soyez seul ici,
vous travaillez moins que chacun des gens du château. Il ne manquerait plus que de vous entendre
aussi vous plaindre de la nourriture.

BAPTISTE.

Je ne suis pas venu précisément exprès pour cela,
quoique on pourrait faire observer à monsieur, qu'il
y a bien du changement dans l'ordinaire de la
maison, depuis que madame a acheté un livre à
Pulchérie.

MONSIEUR.

Quel livre?

BAPTISTE.

L'ART D'ACCOMMODER LES RESTES.

MONSIEUR.

Cela vous humilie : et vous voudriez avoir, pour
vous autres, un ordinaire neuf et indépendant de
la table des maîtres?

BAPTISTE.

Ce serait assez juste ! Cela a lieu dans toutes les
bonnes maisons ; et si monsieur prenait un chef à
la place d'une cuisinière....

MONSIEUR.

Comment, vous ne voulez plus de Pulchérie?

20.

BAPTISTE.

Réellement elle écoute trop madame, je m'en suis aperçu.

MONSIEUR.

Et vous espérez qu'un chef n'écouterait personne.

BAPTISTE.

Je ne dis pas cela. — Mais dans une maison qui se respecte il faut un chef, — sans froisser monsieur. *(Il rit.)*

MONSIEUR, *impatienté.*

Enfin restez-vous, oui ou non ?

BAPTISTE.

Je veux bien rester ici, comme cocher, ou comme valet de chambre, ou comme valet de pied ; que monsieur choisisse !

MONSIEUR.

Mais malheureux, vous vous croisez déjà les bras une partie de la semaine !

BAPTISTE.

Oh ! si je reste comme cocher, je panserai MÊME les chevaux, vu que je suis très-attaché à monsieur, et qu'il ne sort pas tous les jours..... Seulement monsieur voudra me dire l'augmentation qu'il a l'intention de me donner.

. . . . Si je consens à ne sortir qu'après mes affaires faites, le dimanche, c'est à la condition de ne rentrer que le lundi.

(Page 71.)

LIVRE NEUVIÈME

ÉTUDES ET CONFÉRENCES

I

LE POUR ET LE CONTRE

Première partie

DE L'INFLUENCE DU VESTON
SUR LES MŒURS.

Je coupe dans un journal, non encore politique,
les lignes qui vont suivre. Elles s'adaptent trop
bien à mon sujet, pour que l'auteur me remercie

de ce que je réédite ces amabilités adressées à
M. Haussmann.

THÉORIE DU SQUARE.

« *Nous avons eu l'honneur de causer avec le Séna-*
» *teur-Préfet. Nous n'apprendrons rien à nos lecteurs*
» *en disant que le baron Haussmann est un des plus*
» *charmants causeurs de Paris. Le souci de son œuvre*
» *le poursuit jusqu'au milieu de ses délassements, et*
» *il nous a exposé, avec cet esprit qui lui est propre,*
» *une théorie du square dont nous voudrions bien*
» *rappeler quelques points...*

» *Le square — entre autres effets — a celui d'inspirer*
» *aux prolétaires le goût de la propreté, sinon de l'élé-*
» *gance. On observe que le dimanche, en arrivant aux*
» *portes des grilles, les ouvriers s'arrêtent à l'aspect*
» *de la bonne tenue des promeneurs. Et rentrant bien*
» *vite chez eux, ils troquent la blouse contre la veste...*
» *Les conséquences de cette gandinerie populaire n'ont*
» *pas besoin d'être discutées. Grâce à M. Haussmann,*
» *un jour viendra où les haillons iront retrouver les*
» *vieilles masures. O sainte Pioche, patronne des dé-*
» *molitions, protégez notre sage préfet ! — Y... »*

— Comment ! Mais à force de troquer sa blouse,
l'ouvrier n'en viendra-t-il pas à la dédaigner, à
la mépriser, à s'en lasser ? — Il la jettera une bonne
fois dans un coin ; et après ?

— Eh bien! oui, nous marchons vers l'égalité absolue; M. Haussmann nous y pousse : il n'y aura
bientôt plus que des messieurs.

— Vous voulez dire qu'il n'y aura plus de messieurs.

— Cela revient au même; mais qui veut la fin
veut les moyens.

— Quelle fin?

— La fin du prolétariat.

— Par quel moyen?

— Par la fin de la bourgeoisie, — *conséquence de
cette gandinerie populaire.*

— Vous avez peut-être raison.

— Parbleu!

Deuxième partie

INFLUENCE DE LA BLOUSE

SUR LA SANTÉ

Je coupe dans le même journal, devenu politique
et payant timbre, les lignes qui vont suivre. Elles
s'adaptent trop bien à mon sujet pour que l'auteur
me remercie de ce que je réédite, non plus une
amabilité, mais un avertissement charitable adressé
au même M. Haussmann.

« ₊*₊ *D'après la déclaration des journaux agréables,*

» *les fêtes de l'Hôtel de Ville coûtent moins cher, beau-*
» *coup moins cher que nous le supposions et que nous*
» *l'avions dit. Il paraît aussi, du reste, à ce que pré-*
» *tend le Nord, que la Ville est dans une voie d'éco-*
» *nomie. Les employés auraient soulevé une demande*
» *d'indemnité pour le temps de l'Exposition.*

» *M. Haussmann, qui paraissait, par son légitime*
» *attachement aux employés de la préfecture de la*
» *Seine, et par l'initiative et l'exemple de l'Empereur*
» *à l'égard de sa maison, être encouragé à appuyer la*
» *modeste requête des bureaux, a cru devoir être d'un*
» *avis différent. M. le préfet, s'élevant contre ces do-*
» *léances, peut-être un peu exagérées, aurait, dit-on,*
» *dans la séance du conseil municipal, pris une plume*
» *et tracé le budget détaillé d'un employé au traite-*
» *ment de quinze cents francs ayant femme et enfants.*
» *Par un habile calcul, M. Haussmann aurait dé-*
» *montré que ce budget suffit, à la rigueur, à l'exis-*
» *tence du ménage.*

» *Espérons qu'il voudra bien songer que tout budget,*
» *même celui des pauvres gens, a besoin de crédits*
» *extraordinaires et supplémentaires.* »

Messieurs, de même que le millionnaire est celui
qui mène une existence de millionnaire : de même
le bourgeois est celui qui mène une vie de bourgeois.

On est dit bourgeois quand on paraît l'être —

quand on fait comme si on l'était, quels que soient les revenus, les moyens ou la fortune.

Il y a des bourgeois qui connaissent la gêne; — mais il y en a, et beaucoup, de pauvres : les employés par exemple, qui achètent les services de gens presque toujours plus riches qu'eux.

M. JOSEPH.

Alors il y a des ouvriers plus riches que des bourgeois?

M. ***.

L'univers en est rempli.

M. JOSEPH.

A quoi cela tient-il?

M. ***.

A la blouse, qui est la richesse de l'ouvrier.

M. JOSEPH.

Ce mot-là va vous brouiller avec M. Haussmann.

M. ***.

Tant pis! Je le maintiens. — Au reste, il y a blouse et blouse — comme il y a ouvrier et ouvrier; et de même qu'ici je ne traite pas du voyou, de même je ne m'occupe pas du haillon!

La blouse n'est pas seulement un vêtement, c'est aussi un emblème, c'est une force; et, loin d'être un signe de déchéance, elle est la représentation d'une liberté... *(Violente interruption.)*

M. JOSEPH.

Laquelle?

M. ***.

La liberté de *se servir soi-même!* C'est-à-dire la liberté de se procurer un bien-être auquel votre attachement aux conventions vous défend d'aspirer.

UN DÉPLORANT.

Ainsi vous oseriez prétendre...

M. ***.

Que la blouse permet à l'ouvrier de manger meilleur et davantage... et de se porter mieux que la majorité des employés ; — et pour le prouver, je n'ai qu'à m'adresser à l'ouvrier ici présent :

.   .   .   .

— Vous êtes ébéniste ?

— Oui.

— Combien gagnez-vous par jour ?

— Huit francs environ.

— Tous les jours ?

— Tous ceux que je travaille.

— Le travail vous manque donc ?

— Non, c'est moi qui lui fais défaut quelquefois.

— Malgré cela, quel est le revenu moyen de votre quinzaine ?

— Cent dix francs.

— Et de votre mois ?

— Deux cent vingt, pardieu !

— Où demeurez-vous ?

— Rue Folie-Méricourt.

— Quel est le prix de votre loyer annuel?

— Cent cinquante francs.

— C'est tout petit?

— Ça me suffit et de reste.

— Avez-vous un domestique?

— Ah ça! vous plaisantez!

— Non, car je connais des employés qui n'ont pas votre revenu et qui sont obligés d'avoir une bonne.

Où mangez-vous?

— Ça dépend : quand je travaille à l'atelier, je mange à côté; souvent chez moi; — quand je travaille dehors, je mange dans le quartier où je me trouve.

— Voudriez-vous préciser, et me donner quelques renseignements sur la manière dont vous déjeunez?

— Ça n'est pas difficile.

LE DÉJEUNER DE L'ÉBÉNISTE

Je vais acheter mon pain chez le boulanger. — Ma viande chez le boucher; — ou bien une tranche de mayence chez le charcutier; — quelque autre chose en plus chez la crémière; — puis j'entre chez le marchand de vins. — Si j'apporte un morceau de filet, on me le fait cuire. — Quand c'est cuit, je me fais servir une trois-quarts. Je m'assieds sur le banc — je mange — je paye; — et je retourne à ma besogne.

UN DÉPLORANT.

Où allons-nous ? Un ouvrier qui se traite au filet et au jambon de Mayence ! Cela ne m'arrive pas tous les ans, à moi.

M. ***.

Passons au dîner. Encore un renseignement, comment dînez-vous ?

LE DINER DE L'ÉBÉNISTE

— Eh bien, c'est comme pour le déjeuner; seulement, en outre de la viande, il y a la soupe, la friture, la salade et un dessert ; et le litre est au complet.

— Toujours chez le marchand de vins ?

— Et où donc ? Au restaurant peut-être, comme les bourgeois, qui se font donner une serviette et servir trois plats au choix pour un franc vingt-cinq, quand la viande vaut trente sous la livre ! On s'en ferait mourir de ce régime-là ! pas si bête !

M. JOSEPH.

Qu'entends-je ? sans serviette ! Et avec quoi vous essuyez-vous ?

L'OUVRIER.

Avec ma blouse.

(M. Joseph se trouve mal. — On l'emporte. — Le pharmacien
qui lui a donné des soins demande la parole. — Elle lui est
accordée.)

LE PHARMACIEN.

Messieurs, je suis pharmacien dans un quartier
populeux, ce qui ne m'empêche pas d'être fort à
mon aise, grâce à l'énorme quantité de médica-
ments qui sortent de mon laboratoire.

Ma clientèle se compose d'ouvriers et de petits
bourgeois ou employés.

Aux ouvriers, je vends du diachylon pour les
coupures, et des sangsues pour les fluxions. — J'en
vends peu.

Mais, aux employés, ce que je leur livre de charbon de Belloc, — de nitrate et de sous-nitrate de
bismuth, — de lactates à la pepsine, — d'amers de
toutes les espèces, — de breuvages alcalins sous
toutes les formes, — d'eaux de toutes les sources,
auxquelles il est d'usage d'aller boire quand on ne
digère plus...

Ce que j'en vends, messieurs, j'en suis effrayé !

Sur mille employés, neuf cents sont atteints de
gastrites et de gastralgies.

Messieurs, je ne veux dénoncer personne, mais
je ne peux m'empêcher de le dire : pour moi, il n'y

21.

a plus le moindre doute que la cuisine élaborée dans
certains restaurants à bas prix fixe n'ait engendré
les deux fléaux qui exaspèrent tant d'entrailles !

(Approbation sur un grand nombre de bancs. — Cris et voci-
férations sur quelques autres.)

UN RESTAURATEUR.

Monsieur, vous me rendrez raison de vos paroles !

LE PHARMACIEN.

Moi ! Ah ! mais non ! Est-ce que je vous ai fait
tort ? Vous plaisantez ! Raison ?... Mais ces paroles,
je les ai cent fois dites et redites à vos habitués, en
leur fournissant mes drogues. Raison ? Y songez-
vous ! Mais je parlerais ainsi jusqu'à demain, sans
pouvoir détourner de chez vous la plus minime portion de votre clientèle : pour l'avoir persuadée, c'est
probable ; mais pour l'empêcher de recommencer,
jamais.

LE RESTAURATEUR.

Soit ! J'accepte vos excuses, puisque vous convenez de l'inanité de vos paroles ; mais quatorze employés vont ici déclarer leur persistance à fréquen-
ter mon établissement.

(Quatre-vingt-quatre d'entre eux se lèvent, demandent la parole,
la prennent, et s'expriment en ces termes) :

« Le pharmacien a raison ; mais le restaurateur
» est le plus fort.

» Nous achèterons les remèdes du pharmacien
» malgré ses conseils ; mais nous retournerons
» chez le restaurateur malgré la gastrite.

» Nous sommes des employés.

» Nous ne sommes pas des ouvriers.

» On quitte la blouse pour l'habit.

» On ne quitte pas l'habit pour prendre la blouse.

» Dites que ce préjugé est foudroyant, insensé,
» impossible par le temps qui court, — c'est vrai !
» — Mais il est admis par l'habitude, tout absurde
» qu'elle est — nous en convenons. »

MORALITÉ

Jadis l'ouvrier travaillait beaucoup, — gagnait
peu — et se nourrissait mal.

Jadis l'employé, très-demandé, — travaillait peu
et se nourrissait bien : — c'était un personnage.

Aujourd'hui, c'est l'ouvrier qui fait prime. Il
travaille à ses heures et gagne ce qu'il demande.

Aujourd'hui l'employé, très-offert, travaille
comme un nègre, est peu payé, ne se nourrit pas,
— et est obligé quand même à tenir un rang honorable.

Aujourd'hui c'est l'habit qui se prise, — et c'est
la blouse qui consomme.

La blouse engraisse l'ouvrier.
L'habit affame le bourgeois.

II

LA CIRCULATION

PAUVRES CHEVAUX, COMME
ILS SE MOUILLENT !

Le cocher est sur son siége. — la rue est morne et
sombre : il est passé minuit.

Il vente, il pleut, il grêle, il neige ; le cocher est
sur son siége : il attend ses maîtres.

Que font les maîtres ?

Levez la tête ; c'est au premier : les lustres brillent.
l'orchestre joue ; le punch circule ; le lansquenet
tapage ; — les maîtres se trémoussent : ils ont
chaud.

Un passant, deux passants, dix passants emmitouflés, ralentissent le pas pour compter les voitures à la file : —

Le cocher est sur son siége, immobile, stoïque, grelottant sous le verglas.

Et le passant, dont le parapluie ruisselle, reprend sa course en murmurant : *Pauvres chevaux ! comme ils se mouillent !*

LES COCHERS RAISONNENT

Il circule une nouvelle : les cochers raisonnent !

— Il ne manquait plus que cela.

— Aussi cela ne manque plus !

— Voudraient-ils se remettre en grève ? Je ne leur conseille pas ; leur pièce de début a mal réussi.

— Vous n'en avez entendu que le prologue ; et il reste encore quatre actes à jouer. Vous avez eu la grève des cochers de fiacre, vous aurez la grève des autres.

— Allons donc ! le cocher est l'impersonnel par excellence ; c'est-à-dire un serviteur à besogne unique et définie ; et vous avez été le premier à convenir que le service de l'impersonnel ne nous ferait pas de longtemps défaut.

— Sans doute : mais il y a cochers et cochers.

Or, pour les uns, la susdite besogne est indéfiniment allongée ou raccourcie, selon les besoins ou les fantaisies du maître; — tandis que, pour les autres, elle a toujours une durée régulière.

Pour les premiers, le service continue la nuit, après avoir absorbé la journée. — Pour les autres, une fois que l'heure du remisage a sonné, rien ne peut les empêcher de regagner leur lit: — voir les cochers d'omnibus.

L'OMNIBUS

— Auriez-vous la prétention de nous faire aller en omnibus?

— Ce n'est pas une prétention que j'ai, bon ami; c'est une nécessité qui se manifeste.

Vous me direz qu'il y en a déjà dans toutes les rues: omnibus de toutes capacités et de toutes hauteurs; d'élégants et de honteux; enfin qu'il y en a de trop.

Pourquoi trop? Qu'a donc l'omnibus de si inférieur au fiacre?

Vous me répondrez que l'omnibus ne va que de la Bastille à la Madeleine; tandis que le fiacre vous mènera toujours partout où vous voudrez.

Partout et toujours! Ah! vous croyez-ça? Oui ou non, le cocher raisonne-t-il?

— Oui. Eh bien?

— Il raisonne quand il a bu. Il raisonne quand il s'endort. Il fait le sourd s'il trouve la course trop longue; il vous envoie à Chaillot si votre balle ne lui convient pas; et vous dites : « Le fiacre nous conduira toujours partout où nous voudrons? »

.— Bah! vous parlez comme si l'Exposition durait encore.

— L'Exposition n'est rien; elle passe, elle est passée; mais restent les *précédents* dont les traces ne s'effacent pas; le pli est pris.

De qui relève le portier? De son cordon.

De qui relève le cocher d'omnibus? De la Bastille en allant; — de la Madeleine en revenant.

De qui relève le cocher de fiacre? Du bourgeois qui veut se faire trimballer partout où il a envie.

— N'est-ce pas son droit?

— Oui; un droit auquel le cocher cherche à se soustraire par tous les moyens possibles, et dont il aura finalement raison. — à moins que le bourgeois ne veuille se contenter du simple droit à la course. — En effet, pour être pris à la course, le cocher ne perd pas de son indépendance; le bourgeois n'étant durant le trajet qu'un vulgaire colis. bon à transporter d'un point à un autre par les rues du conducteur, et au train préféré de son animal.

Au contraire, pris à l'heure; le cocher devient un être dépendant. Il cesse d'être impersonnel, **sa** besogne n'est plus uniquement de prendre à une borne et de déposer à une autre un bourgeois : il lui faut être à la merci et aux ordres dudit, et obéir à tous ses *par ici! par là! arrête! en route!*

C'est son droit, direz-vous encore ?

Alors vos droits sont bien malades : et si vous en possédiez la moitié d'un, vous en useriez, au lieu de déclamer contre le temps présent et contre les libres propos des compagnons de saint Fouet.

— Soit! qu'ils raisonnent! Mais qu'ils nous mènent! Qu'ils nous mènent au pas, nous y consentons, — pourvu que ce soit à l'heure.

— Qu'ai-je entendu? AU PAS ET A L'HEURE? Ah! bon ami, prends-y bien garde : à ce train-là tu t'en ferais mourir.

LE CABRIOLET

— N'empêche pas que vous ne déploriez autant que moi l'infernal droit de raisonner que se sont arrogé MM. les cochers.

— Erreur, mon cher; je ne déplore rien du tout. je proclame la liberté quand même du raisonnement ; et pour commencer, je vous avouerai que *je m'abstiens toujours de monter dans un fiacre :* c'est une manière comme une autre d'ÊTRE RAISONNABLE.

— Et comment faites-vous quand il pleut ?

— Je prends l'omnibus.

— Et quand il n'y a pas de place ?

— J'attends.

— Et si vous êtes pressé ?

— J'ouvre mon parapluie.

— Et les affaires ?

— L'homme d'affaires ne connaît ni l'omnibus ni le fiacre ; il a un *cabriolet* qu'il conduit lui-même : *lui-même*, ou ce n'est pas un *homme d'affaires*.

SPORT

— Alors vous en revenez à l'omnibus.

— Oui. Au surplus, que lui reprochez-vous ? De vous obliger à faire votre partie dans une macédoine de voyageurs, pendant que votre elbœuf fraternise malgré lui avec la cotte d'un ébéniste.

Est-ce tout ? — Non ; vous lui en voulez de son prix trop accessible à tous. Effectivement, le bourgeois, qui adore l'égalité, commence par vouloir se distinguer des autres. Eh bien ! consolez-vous : ce prix unique et canaille de trente centimes ne sera pas éternel. — Bientôt il y aura des omnibus pour les gens à sept, à onze et à quinze sous. — Il y en aura de spécialement affectés aux déplacements sportiques des bourgeois aristocrates ; que dis-je : il

22

y en aura... — mais, âne que je suis, déjà il en foisonne ; ce sont les voitures à la mode ; elles sillonnent en tous sens la pelouse fashionable de Lonchamps ; — et le suprême bon genre, c'est de se loger quelque chose comme soixante-quatre sur leur impériale. — Et quels envieux on y fait ! Et quel chic ça donne !

LA NUIT

— Et la nuit ?

— La nuit ? lisez l'Epoque :

14 juillet.

« ⁎⁎⁎ LES OMNIBUS DE NUIT. — *Trois cent mille*
» *personnes traversent en tous sens Paris la nuit.*
» *aussi la Compagnie des Omnibus songe-t-elle à*
» *organiser un service nocturne sur quelques par-*
» *cours très-fréquentés. La question est à l'étude.* »

— Et pour revenir du spectacle ?

— Pour le coup vous y mettez peu de complaisance. Si l'administration des Omnibus a obtenu que ses cochers couchassent dehors, pour l'agrément des trois cent mille noctambules dont il est parlé, assurément les amateurs de spectacles seront les premiers à profiter de la mesure.

A part cela, bon ami, personne n'est forcé à aller
la nuit par les rues ; à moins qu'on ne soit vaga-
bond, c'est-à-dire, sans avoir les trois sous de l'impériale ; chiffonnier, et les chiffonniers ne travaillent qu'en marchant ; ou millionnaire, et pour celui-là la nuit n'existe point, pas plus que les heures n'existaient pour Louis XIV, un millionnaire
s'il en fut.

Quand ce monarque, en s'éveillant, daignait s'inquiéter de l'heure, le gentilhomme de la chambre
lui répondait invariablement, et selon l'étiquette :

« Sire, il est l'heure qu'il plaira qu'il soit à Votre
» Majesté. »

IL VAUT MIEUX TUER LE DIABLE
QUE S'IL VOUS TUAIT

Le voilà qui s'avance à fond de train. Hé, là-bas!
les fiacres, rangez-vous, mes vieux, ou gare les côtes.

C'est qu'il a de rudes façons l'omnibus ; pas toujours poli ; mais comme il se fait faire place ! Et
ne dites pas qu'il entrave la circulation, car il est
la circulation même : ssayez un peu à vouloir le
dépasser.

— On y est gêné.

— Je conviens qu'il est gênant pour les sapins
qu'il culbute ; tandis que ses épaisses murailles

sont un palladium pour l'honnête homme qu'il transporte.

Et pour finir, je dirai avec la sagesse des nations :

« *De même qu'il vaut mieux tuer le diable que* » *s'il vous tuait, de même il vaut mieux écraser* » *son prochain que se faire écraser par lui.* »

III

PROJET DE CONFÉRENCE SUR LES QUATRE ÉLÉMENTS

DE L'AIR

LA VENTILATION CONSIDÉRÉE
COMME NOUVEL APÉRITIF.

Messieurs,

Paris est grand. On s'en aperçoit sans effort. Et les espaces vides de maisons y sont devenus assez vastes pour que les vents puissent s'y déchaîner.

Aussi ne manque-t-il pas de gens qui, parce qu'ils toussent, se plaignent de s'être enrhumés à travers les innombrables courants d'air qui circulent dans la capitale.

Et non. messieurs, les vents coulis ne sont à craindre qu'à l'orchestre de la G....; partout ailleurs leur effet est salutaire. Convenons seulement qu'ils ont provoqué chez le Parisien un appétit qui menace de prendre des proportions inquiétantes ; développé qu'il est par des courses sans fin, à travers des rues dont on ne voit pas le bout.

Vous souvenez-vous du temps que nous étions empilés les uns sur les autres ?

Je demeurais ici. j'avais mon bureau là, à deux pas, sous la main. C'en était embêtant, je n'avais jamais faim.

Bientôt la démolition de ma rue et le renchérissement des loyers me procurèrent le plaisir d'aller demeurer à Belleville, alors que j'étais encore employé rue du Monthabor. Voilà de l'exercice ! à en prendre et même à en laisser. Et quel appétit ! ma femme en fut enchantée d'abord... pendant quelques jours... après quoi nous fûmes obligés de remercier la bonne : — je ne laissais plus rien absolument sur la table !

Il fallut se servir soi-même ; se lever plus matin ; faire le ménage, les habits, les chaussures, le parquet, le bois, le charbon, tout ! *Excepté l'eau :* pourtant, si j'avais osé, c'était trois sous de gagnés ! trois petits bordeaux que j'eusse grillés en allant à mon *minis*.... Dieu ! si mes chefs s'en étaient douté ! Bah ! maintenant je ne fume plus; — mais comme je mange encore !

— Mon petit *(c'est ma femme qui parle)*, je supprime le pain de gruau, tu finirais par nous ruiner.

— Tu crois, chère bonne ?

— D'ailleurs, ton bureau est trop loin pour ne pas te mieux nourrir, tu mangeras du pain fendu, *il est plus lourd,* il soutient mieux !

— Mais....

— Il n'y a pas de mais quand on a faim.

L'EAU — LE FEU

DES PORTEURS D'EAU DANS LEURS RAPPORTS FUTURS AVEC L'AGRICULTURE

Messieurs,

Paris est grand, mais ce ne sont pas les seuls loyers et le pain de gruau qui aient augmenté. Tout a augmenté, excepté les moyens d'existence des *employés de bureau,* cette classe si intéressante de travailleurs, qui ne sont ni ouvriers ni bourgeois,

qui subissent tous les inconvénients que comporte
la vie bourgeoise, et qui ne jouissent d'aucun des
priviléges attachés à l'existence dè l'ouvrier.

Pendant que je la tiens, je colle ici une définition
de la bourgeoisie :

« La bourgeoisie, jugée au point de vue économi-
» que, se compose d'hommes qui vivent en partie de
» leur travail actuel, en partie sur le travail amassé
» de travaux antérieurs. » Cette définition n'est pas de
moi, elle appartient à M. Carnot, mais elle me ser-
vira.

Revenons aux employés.

L'employé est-il obligé de vivre de son travail actuel, comme le fait l'ouvrier? Oui.

A-t-il du pain amassé antérieurement comme le
bourgeois? Non.

Jouit-il de l'indépendance de l'ouvrier ? Non.

Est-il astreint au décorum bourgeois ? Oui.

Dites quel est ce décorum :

Linge blanc,

Drap fin,

Cuir verni,

Extérieur honorable,

Et des mains.

Est-ce tout? Non. Il faut ajouter les obligations
auxquelles échappe le bourgeois : comme la cravate
blanche et les visites aux supérieurs.

Ah? c'est intéressant un ménage d'employé, on

s'y passe le plus possible des aides salariés quelconques, pour cause d'insuffisance de budget.

Mais, me direz-vous, il est telle denrée que l'employé ne peut pas transporter décemment lui-même. du sol à son septième étage; comme l'eau, le bois, le charbon, parce que le décorum s'y oppose.

M. JOSEPH.

Heureusement pour les porteurs d'eau.

M. ***

Dites donc : « Malheureusement pour les employés, » sensible Joseph; mais non? M. le préfet, dans sa tendresse pour ses administrés, a songé à tout; et bientôt les employés pourront se passer du concours de MM. les porteurs d'eau. Il leur suffira de tourner un robinet pour être abondamment visités par le liquide indispensable.

Nous avons les puits de Grenelle et de Passy.

Nous aurons les puits des buttes Montmartre et des buttes Chaumont.

Nous avons détourné la Dhuys et la Marne; eh bien! nous amènerons le Rhin dans nos murs : et M. Haussmann pourra faire prendre à l'eau le niveau des combles des plus hautes habitations.

M. JOSEPH.

Va donc pour l'eau; mais le feu? Qui montera le charbon ?

M. ***

Vous n'aurez plus de charbon; ou plutôt vous aurez une essence de charbon, la flamme moins la suie ; le plaisir sans la peine : vous aurez le gaz partout.

M. JOSEPH.

Eh quoi ? ce n'est pas assez que le gaz nous éclaire, il faudra aussi qu'il nous chauffe ?

M. ***

Il me chauffe bien. moi, par économie.

M. JOSEPH.

Incroyable !

M. ***

Grâce à l'invention Jacquet [1], j'y trouve économie de temps, d'argent et de savon : rapidité, commodité, propreté. Et pour ce qui est de la cuisine. le jour où vous aurez importé chez vous le système de ce nom, vous ne pourrez ni manquer le rôti. ni rater le pot-au-feu.

M. JOSEPH.

Qu'est-ce que ce M. Jacquet ?

M. ***

C'est l'auteur du nouveau système de chauffage : c'est un fabricant doublé d'un artiste.

Quant à l'introduction pure et simple du gaz dans vos appartements, elle regarde non pas M. Jacquet l'inventeur, mais messieurs les appareilleurs.

Parlons des prix de revient de l'installation pre-

[1] Boulevard de Strasbourg. 59.

mière : ils sont extraordinairement variables et
fantaisistes : tout dépend de la personne à qui l'on
s'adresse : traitez de préférence avec celle qui ne
s'offensera pas de ce que vous lui demandiez un
devis.

On me dira que la pose des tuyaux se paye au
tarif; c'est vrai; mais ce qu'il en faut de longueur
est du domaine élastique de l'appréciation morale;
les travaux imprévus peuvent vous mener loin, et la
soudure est si chère !

Avant de faire faire le moindre trou dans un mur,
demandez un devis DÉFINITIF : *les bons comptes font
les bons amis.*

Je dis cela pour tous ceux qui sont pressés par caractère, ou qui n'ont pas le temps d'attendre la pro-
chaine grande baisse des prix d'installation qui devra résulter de la pose simultanée des tuyaux à eau
et à gaz.

Car vous savez la grande nouvelle : vous allez
avoir le gaz pour rien ou pour presque rien : quinze
centimes au lieu de six sous.

Encore le résultat d'une récente invention.

ELLE N'ÉMANE PAS DE M. LE PRÉFET DE LA SEINE ;
mais, dans sa constante sollicitude pour ses administrés, M. Haussmann ne POURRAIT tolérer plus
longtemps, que son cher peuple parisien payât le
gaz trente centimes le mètre cube, quand sa bonne
ville de Paris ne le paye pas trois sous.

Réjouissez-vous donc et bénissez M. Haussmann.

Voyez quelle économie : deux fois plus de chaleur pour le même prix.

Ah ! monsieur Jacquet, vous êtes arrivé au bon moment.

M. JOSEPH.

Eh bien, mais alors à quoi occuperez-vous la classe si intéressante des porteurs d'eau ?

M. ***

Ces messieurs iront cultiver leurs terres ; l'agriculture y gagnera des bras, et vous payerez le pain moins cher....

LA TERRE

DES ESCALIERS ; ILS SONT NUISIBLES A LA CONSOMMATION DES DENRÉES ALIMENTAIRES EN GÉNÉRAL, ET EN PARTICULIER A CELLE DES BOISSONS NATURELLES

Messieurs,

Paris est grand, mais dans Paris les courses sont longues, les maisons sont hautes, et les escaliers sont raides. Ils le sont surtout pour ceux qui habitent le plus près du ciel, c'est-à-dire pour les locataires du septième.

M. JOSEPH.

Il ne faut pas demeurer si haut.

M. ***

On demeure où l'on peut.

M. JOSEPH.

Alors de quoi vous plaignez-vous?

M. ***

Je me plains des escaliers, et je propose de les modifier.

M. JOSEPH.

A qui s'adressent vos plaintes?

M. ***

A M. le préfet de la Seine, et je les formule ainsi :
« Monsieur Haussmann, vos administrés sont les
» plus intéressants que je connaisse ; vous ne leur
» avez pas marchandé l'air, vous leur avez promis
» l'eau, et vous allez leur servir le gaz à bon marché.
» — Que vous reste-t-il à faire ? — Une seule
» chose :

» Établir une communication aussi rapide que
» peu fatigante entre les appartements du septième
» et les caves de la maison, c'est-à-dire neutraliser
» l'influence pernicieuse qu'exercent les escaliers
» en spirale sur la consommation des denrées ali-
» mentaires. »

UN ARCHITECTE.

Vous voulez que M. le préfet impose à toutes les
maisons le mécanisme d'un escalier à treuil ?

M. ✱✱✱

Qui vous parle d'imposer?

Mais je suppose que vous soyez architecte, et de plus l'ami de M. le préfet de la Seine, est-ce possible?

L'ARCHITECTE.

M. le préfet est l'ami de tous les architectes.

M. ✱✱✱

Et il vous invite aux bals de l'Hôtel-de-Ville?

L'ARCHITECTE.

Je n'en manque jamais un.

M. ✱✱✱

C'est pour le mieux. M. le préfet a dû vous distinguer; demain il ira à votre rencontre, et, vous serrant la main, il vous dira :

« Mon cher un tel, savez-vous que vous avez
» beaucoup de talent et que je désire vous confier
» la direction de mon nouveau boulevard ; mais, à
» propos, n'avez-vous pas de maisons à construire
» pour le quart d'heure?

» — Des douzaines, monsieur le préfet.

» — Je le savais, reprend-il, car je sais tout...
» On m'a dit même que vous vous proposiez d'éta-
» blir dans toutes vos nouvelles constructions des
» escaliers-treuils, dans le but d'agrémenter la vie
» bourgeoise ; le tout mécaniquement, et sans faire
» tort à l'escalier officiel, bien entendu... Vous n'i-
» gnorez pas, mon cher, que nous allons avoir l'eau

23

» jusqu'au huitième ; nous utiliserons cette eau
» pour la montée de vos treuils. Ainsi, c'est en-
» tendu ; le tout mécaniquement. Et puis, ça me
» fera tant de plaisir... Tiens ! vous n'êtes pas dé-
» coré ! quel oubli ! A bientôt donc, je compte sur
» mes escaliers ; au revoir... »

Convenez que vous avez de la chance.

L'ARCHITECTE.

Évidemment ; mais pour les maisons déjà construites ?

M. ***

Patience ! Paris ne s'est pas démoli en un jour.
Pour les maisons déjà construites, M. le préfet
frappera sur une autre corde, mais toujours délica-
tement. Par exemple, il établira que tout propriétaire assez philanthrope pour offrir un treuil à ses
locataires, commencera par ne pas payer l'eau consommée dans sa maison ; et que plus tard, il la
payera moins cher que les récalcitrants.

L'ARCHITECTE.

Soit ! les jarrets n'en seront point fâchés ; mais
l'alimentation, qu'a-t-elle à y gagner ?

M. ***

Comment ! vous ne saisissez pas ? Tout appartement doit avoir une cave. Cette cave, à quoi sert-
elle pour les locataires haut perchés ? — A rien.
— Pourquoi ? Parce que le logement et la cave sont
trop éloignés l'un de l'autre. Rapprochez-les, et

cette cave jusqu'alors inutile deviendra un garde-manger, meuble inconnu à une foule de ménages, qui n'achètent qu'au fur et à mesure de leurs besoins, et en quantité juste pour éviter l'encombrement, les denrées sur lesquelles on réaliserait cent pour cent d'économie, si l'on s'approvisionnait au sac, au lieu d'acheter au litre.

UN EMPLOYÉ.

Et de l'argent?

M. ***

Je sais devant qui je parle. Bourgeois, vous êtes cousus de modestie ; mais vous n'êtes ni assez riches pour ne pas faire des économies, ni assez pauvres pour ne pas pouvoir acheter à la fois :

Un sac de pommes de terre,

Pour huit jours de légumes assortis,

Une terrine de porc salé,

La moitié d'une pièce de vin de 216 litres,

Et un demi-tonneau de charbon, en attendant l'ère de la cuisine au gaz.

MONSIEUR JOSEPH.

Mais l'influence pernicieuse des escaliers?

M. ***

Les escaliers, monsieur, c'est-à-dire un total de cent soixante marches à monter, ne rendent-ils pas impossibles les approvisionnements sérieux dont j'ai parlé ; ne nuisent-ils pas par conséquent à la consommation des denrées alimentaires?

Quant aux boissons naturelles, c'est-à-dire aux
108 litres de vin de propriétaire (le mot est lâché);
se mettre en marche pour aller en tirer une bou-
teille, avec la conviction préalable d'être obligé de
remonter huit étages, n'est-ce pas trop raide pour
des gens qui n'ont qu'à faire une commande de six
litres au marchand de vin du coin, pour que cette
quantité leur soit portée à domicile, aussi haut
qu'ils perchent?

M. JOSEPH.

Six litres de quoi?

M. ***

Du rouge, cachet vert.

M. JOSEPH.

Et naturel?

M. ***

Comme peut l'être du vin à douze sous.

IV

UNE RECETTE

Lorsque l'idée me vint d'écrire ce livre, je voulais l'intituler *l'Art de se servir soi-même*.

— Gardez-vous-en bien, me dirent quelques amis; vous n'en placeriez pas un exemplaire.

— Cependant, répondis-je, *l'Art d'accommoder les restes* a eu de nombreuses éditions.

— C'est vrai; mais elles ont été presque toutes enlevées par des coquettes de cinquante ans, qui s'attendaient à y trouver non pas une recette pour accommoder à nouveau le rôti resté de la veille; mais un moyen de reconstituer une pomme sur l'emplacement de leurs appas rétrospectifs.

Cette révélation me fit changer mon titre et re-

23.

trancher du volume tout un bouquet de recettes, — une exceptée :

Une fleur pour laquelle je demande grâce, — et que j'offre à vous, *gens bien élevés*, mais très-modérés dans vos dépenses de table ; à vous, qui vous cotisâtes jadis, à raison de deux sous par jour, afin d'alimenter la marmite du célèbre rédacteur de 366 menus admirables, mais impossibles à des bourses aussi plates que les vôtres.

Le plaisir que vous deviez prendre à sucer votre pouce aux émanations intellectuelles d'une cuisine si délicate, je le constate avec un enthousiasme indescriptible ; mais le moindre rogaton n'eût-il pas mieux fait l'affaire d'un pauvre diable d'*abonné du lendemain ?* Probablement.

C'est pourquoi je vous fais hommage de la méthode qui vous permettra d'éditer un gigot seul en deux volumes.

— Vous me demandez à quoi sert de déshonorer un gigot en le coupant en deux, lorsqu'une famille de huit personnes peut tout juste en offrir une tranche valable à chacun de ses membres.

— Je réponds : que ces réunions de huit individus, ressemblent aux familles des tables d'hôtes, — *et que je ne travaille pas pour elles ;* car je m'adresse spécialement aux petits ménages ; aux bourgeois, à la masse, aux mariés quasi célibataires, c'est-à-dire peu chrétiens, partant peu prolifiques ;

égoïstes par besoin ; économes par force, au point de manger souvent réchauffé, quoique ne l'aimant guère.

C'est à une de ces associations composées de l'homme, de la femme et d'un bambin, — total, deux personnes et demie, que j'ose demander comment on s'y prendra pour pouvoir consommer en un seul repas un gigot de six livres .

RECETTE.

Prenez :

Vous prenez un gigot. Avez-vous une bonne ? (Tous les abonnés du lendemain n'en ont pas.) Avant d'emporter son gigot, la bonne l'aura fait scier en deux portions inégales : s'il pesait six livres, le morceau du manche en pèsera deux ; et l'autre, le charnu, en pèsera quatre.

Préparation :

Mettez la petite portion dans la marmite, — ajoutez-y une tranche de jambon, et une quantité raisonnable de légumes tendres et variés ; — faites bouillir dans peu d'eau ; — et si ce pot-au-feu n'est pas de votre goût, vous en serez quitte pour ne pas le recommencer. — J'en doute.

Il vous restera une rouelle du poids de quatre livres — ayant le volume d'un fort carré de veau : ce sera votre rôti du lendemain ou du surlende-

main, si vous aimez la viande attendrie. A votre
choix. — Mangez-en le plus possible, et je vous
défie de tout absorber en un seul dîner, quelque
succulent qu'il soit : — même en vous y mettant
trois.

Un gigot seul peut donc servir de base à deux
menus.

PREMIER MENU

Potage au gigot,
Gigot aux légumes (première moitié),
Un poisson,
Un entremets (*le dimanche seulement*),
Dessert.

DEUXIÈME MENU

Potage (quelconque),
Radis et beurre,
Gigot rôti (grosse moitié),
Salade,
Légumes — ou entremets (*le dimanche seule-
ment*),
Dessert.

C'est modeste; mais c'est au moins possible, *de
temps en temps*, à un ménage — acheteur d'un journal à deux sous.

Pour les menus littéraires. praticables ou non, — qu'ils soient les bien-venus quand même : leur inventeur a bien mérité du bourgeois. Grâce à lui, les gens les mieux élevés ne dédaignent plus de parler ragoûts; ce n'est presque plus une honte que de savoir accommoder les sauces dont on se léchait les doigts. Enfin, une bourgeoise de qualité y regarde à deux fois avant de s'évanouir, quand on la surprend donnant un coup d'œil à sa cuisine.

V

DESTINÉE DE L'ART

CONSÉQUENCES DU COUP PORTÉ A LA BOURGEOISIE PAR L'EXTINCTION PROBABLE DE LA DOMESTICITÉ

Conférence extraordinaire avec chœur.

LE PRÉSIDENT.

Messieurs,
Grave est la question que nous avons à résoudre ; la voici :

Quelles seront pour l'Art les conséquences de l'extinction probable de la domesticité? Ou plus simplement : L'ART POURRA-T-IL VIVRE QUAND LA DOMESTICITÉ AURA DISPARU?... Disparu s'entend, non point de chez MM. les artistes, gens réputés pour savoir vivre en se passant de serviteurs, — mais de chez vous autres, bourgeois, pour qui les bonnes et les valets ont eu, de tout temps, une importance si positive, que, le jour où il vous faudra renoncer à en avoir, vous serez capables de fermer vos maisons.

Eh bien! fermez-les, vos maisons; — ne les ouvrez qu'à demi, — n'en habitez qu'une ou deux pièces; — et vous me direz *comment l'Art pourra vivre dans des appartements déserts et privés de lumière.*

UN COLLECTIONNEUR.

Monsieur, l'Art est impérissable.

LE PRÉSIDENT.

Monsieur, vous êtes collectionneur?

LE COLLECTIONNEUR.

Et je m'en vante.

LE PRÉSIDENT.

Vous sortez de la classe des bourgeois; — vous vous rapprochez de celle des artistes; — vous êtes une exception; — vous marchez sur une foule de préjugés; vous n'avez qu'une passion, une idée fixe : votre collection. Vous la soignez même; —

c'est toute votre ambition, vous n'êtes pas révolutionnaire...

LE COLLECTIONNEUR.

C'en est trop ! Pas révolutionnaire, moi ! un des plus chauds amateurs de coups de fusils dans la rue ! Mais ne savez-vous donc pas ce que nous valait une bonne émeute ? A mesure que les premiers pavés s'amoncelaient, les riches amateurs prenaient la fuite et Caillard (comme on disait au Palais-Royal) ; — et moi, sans me fouiller, je pouvais me payer des chefs-d'œuvre.

Je veux bien que ces distractions soient un peu démodées; mais ce n'est pas un motif pour être ingrat en les oubliant. Le culte du souvenir, oui, monsieur, c'est tout ce qui me reste. Essayez seulement à vouloir causer du bon temps avec les amis. Les ouvriers ?... des capitalistes ! ça place son argent ! Vous auriez beau faire tout le faubourg Saint-Antoine, vous n'y trouveriez pas dix gaillards d'une trempe à dévisser un moellon ;... et les millionnaires en profitent pour tout mettre en poche.

LE MILLIONNAIRE.

Tu me la payeras, celle-là !

LE COLLECTIONNEUR.

Je m'y attends bien !

UNE VOIX.

Je demande à répondre.

LE PRÉSIDENT.

Un instant! Pardon, je vous reconnais; votre boutique fait le coin de la rue de l'Échaudé : vous êtes un marchand de tableaux; vous n'êtes pas un collectionneur; vous n'avez pas droit à la parole.

Vous n'achetez pas pour garder, mais pour revendre.

Je veux bien vous donner un bon point, parce que vous poussez à la consommation au moyen du *tire-l'œil* de votre étalage; mais vous payez encore moins cher que l'autre, et vous êtes plus dur à la détente!

En fin de compte, à qui vendez-vous? au bourgeois.— Si le bourgeois n'achetait pas, vous n'achèteriez pas; et quand le bourgeois n'achètera plus, — vous n'achèterez plus rien aux artistes.

M. JOSEPH.

Je proteste! Le bourgeois achètera toujours des tableaux, car rien n'est plus à même de faire ressortir la valeur d'un mobilier. *(Hilarité.)* Oui, messieurs, la bourgeoisie s'entend à tout; c'est elle qui fait la force intelligente de la nation; aussi elle prétend apprécier la question d'art, comme elle a su mener ses affaires.

LE COLLECTIONNEUR, *chantant.*
Air connu.
Parlez-en de vos affaires,
Ell's sont dans un bel état. .

LE PRÉSIDENT, *interrompant la chanson.*

Messieurs, pas de personnalités, et respect aux malheureux ! Oui ! la bourgeoisie a été la force vive de la nation. — Elle ne l'est plus et par sa faute, c'est incontestable. — Elle s'est dépouillée de tout en transportant tous ses droits au paysan qui la traîne à sa remorque. C'est un fait !

Enfin ! pour me servir d'un terme parlementaire : elle est en pleine DÉCADENCE.

Eh bien, messieurs, cette décadence est un malheur pour la peinture ; et vous venez de rire très-maladroitement, parce que M. Joseph vous a dit qu'il était glorieux à un tableau de faire cortége à une armoire.

Ce qu'il faut premièrement à l'Art. pour qu'il vive. ce sont des acquéreurs pour ses productions.

Or, Joseph fut un acquéreur sérieux, car il appartient à cette époque florissante où la bourgeoisie achetait des tableaux pour orner ses appartements.

Les appartements, messieurs, c'est-à-dire la chambre où l'on couche, le cabinet où l'on travaille. le salon où l'on cause, celui où l'on donne à dîner : voilà les plus salutaires demeures que vous puissiez offrir à l'Art ; et je vous assure qu'il sera triste, ce jour où il lui en faudra sortir.

M. JOSEPH.

Pourquoi donc en sortir ?

24

LE PRÉSIDENT.

On vient de vous le dire, Joseph : parce que, bientôt, il vous faudra en décamper vous-même.

Quand l'heure des expédients sonne, celle de la retraite approche. Emporterez-vous vos tableaux ? Non, monsieur, vous aurez bien assez du poids de vos meubles pour gravir l'escalier qui conduit aux mansardes.

M. JOSEPH.

Jamais, monsieur, jamais ! Je proteste ! Le bourgeois a le caractère antique. Il fera comme le pieux Énée au milieu du désastre de Troie, il songera d'abord à sauver ses lares.

LE COLLECTIONNEUR.

À d'autres ! Il dit aimer ses tableaux, et il n'a même pas le feu sacré de l'ameublement.

Il ne brosserait lui-même ni ses tapis, ni ses tentures ;

Il ne laverait pas une potiche, et il veut emporter ses tableaux ! -

Malheureux ! qui serez embarrassé du soin de vos fauteuils quand vous n'aurez plus de domestiques ; que ferez-vous de vos gravures, de vos faïences et même de vos moindres bibelots !

Qui les soignera ? Vous ? Allons donc ! Que deviendrait alors la hiérarchie sociale dont votre grand chef de file a proclamé l'éternelle existence ?

Allez un peu le lui demander.

L'AINÉ DES TROIS DURAND.

Oui, nous y courons, chez cet homme poli, qui sait nous dorer la pilule, et qui propose de guérir avant d'arracher. Ses cures ne sont que verbales, je l'avoue, mais comme il excelle à coller d'aimables préliminaires ! On n'y croit pas ; mais ça fait plaisir. Pendant qu'il parle, le temps passe, on oublie le fatal moment ; et si le bourgeois est nettoyé fin courant, au moins les choses se sont honnêtement passées. Tandis qu'à vos conférences de malheur, au lieu des agréables consolations qu'on était venu chercher, il vous faut remporter des vérités abominables. — « Je pars ! Venez, Joseph ! »

LE CHŒUR.

Pars pour la Crète, pars, pars, pars, pars !...

LE PRÉSIDENT.

Aussi bien, résumons :

Aujourd'hui, pour vivre il faut produire.

Le temps des tranquilles rentiers est passé.

Le bourgeois est dans ses petits souliers : non-seulement il n'achètera plus de tableaux ; mais il va lui falloir se débarrasser de ceux qu'il possède.

Le collectionneur gémit.

Le marchand de tableaux agonise.

Et comme dernière ressource, vous n'avez plus à offrir à l'Art que les galeries du millionnaire.

Mais les millionnaires ne seront pas éternels ; et leurs galeries elles-mêmes finiront par se combler.

Alors, messieurs, dites-nous où les peintres iront accrocher leurs tableaux ?

DURAND (*Cadet*).

Dans les musées de la nation.

LE PRÉSIDENT.

Les musées ! Parbleu ! vous serez fort, si vous me citez quelqu'un allant encore aux musées : les désœuvrés, moins que personne. Pour les autres, la masse, le petit bourgeois, l'employé et l'ouvrier qui travaille ; en un mot pour le peuple en l'honneur de qui ont été bâtis les musées, il n'a pas le temps d'y aller.

DURAND (*Cadet*).

J'y vais, moi ! S'ils n'existaient pas, il faudrait les inventer ; d'ailleurs, par quoi les remplaceriez-vous ?

M. COURBET.

PAR LES GARES DES CHEMINS DE FER. (*Ahurissement général.*) Oui, messieurs, par les gares, qui sont déjà les églises du Progrès, et qui deviendront les temples de l'Art.

Entrez dans les salles d'attente ; et en voyant ces admirables locaux vastes, hauts, aérés et pleins de lumière, convenez qu'il suffirait d'y accrocher des tableaux, pour en faire, sans aucun frais, les plus introuvables des musées ; les seuls où l'Art peut réellement vivre. — Car, là où la foule se porte, là est la vie.

Et cette idée d'appropriation ne m'est pas venue
hier ; voici tantôt quinze ans que je la signalai à
ceux qui voyaient la grande peinture menacée dans
son existence par l'incessante exiguïté des appartements.

Je dois ici l'avouer, messieurs, mon programme
fut accueilli avec enthousiasme par les plus hauts
barons de la finance et de l'Institut :

« Bientôt, disais-je à feu Hittorf, vos chemins de
» fer sillonneront la France ; donnez pour mission
» à l'artiste de faire l'histoire de nos départements ;
» — et n'importe la contrée que traverseront vos
» locomotives, région du fer ou pays du blé, — l'ar-
» tiste y trouvera matière à déployer son génie.

» A l'un de peindre les forêts, à l'autre les plaines ;
» à d'autres les fleuves et les rivages de la mer.....

» Celui-ci devra gravir les hautes cimes, sous les
» éclatants rayons du soleil ;

» Cet autre descendra dans les sombres galeries
» du charbon. Il vous dira la vie du noir travailleur ;
» un drame où la catastrophe reparaît à chaque
» acte. Vous assisterez aux explosions, aux éboule-
» ments et aux inondations de la mine ; vous con-
» templerez le rouge éclat des fourneaux ; — et vous
» conviendrez que, pour assurer du travail aux ar-
» tistes, il ne sera plus besoin de leur imposer la
» sempiternelle reproduction des *casques grecs* et
» des *toges romaines.*

24.

» Laissez à chacun la libre possession de l'art qui
» lui est propre ; et si vous voulez être pris au sé-
» rieux, lorsque vous dites qu'il faut avant tout
» qu'on soit Français ; au lieu de décourager les
» peintres qui ont foi dans le génie national, exci-
» tez-les à transporter sur la toile les types, les
» mœurs, le caractère, les coutumes et l'industrie
» de la race d'hommes dont le pays s'étend des Al-
» pes à l'Océan, et de la Manche aux Pyrénées.

» Quel magnifique avenir vous pouvez faire à la
» peinture ; et quel puissant moyen vous est offert,
» de moraliser, en l'instruisant, ce peuple qui jadis
» inondait les musées ; et qui maintenant les déserte
» pour encombrer vos chemins de fer.

» Hors des murs ! Voilà l'unique cri poussé par
» les renfermés de la semaine, qui viennent chaque
» dimanche assiéger vos guichets. — Mais pendant
» que l'on prend son billet, souvent le train qui
» n'attend pas se met en marche ; et avant qu'un
» autre ne parte, il se passe une heure. Une heure
» à tuer ! en se morfondant à travers vos salles
» d'attente.

» Or, songez-y : on se morfond chez vous, quand
» on pourrait s'y instruire ; quand il vous suffi-
» rait de cacher sous de bons tableaux ces grandes
» murailles nues et désolées, pour enseigner au
» peuple l'histoire vraie, en lui montrant de la vraie
» peinture. »

DURAND (Cadet).

Comment l'entendez-vous ?

MONSIEUR COURBET.

J'entends par histoire vraie, l'histoire débarrassée des interventions surhumaines, qui, de tout temps, ont perverti le sens moral et terrassé l'individu.

J'entends par vraie peinture, celle qui échappe au joug de n'importe quelle fiction.

Pour peindre vrai, il faut que l'artiste ait l'œil ouvert sur le présent, c'est-à-dire qu'il voie par les yeux et non pas par la NUQUE.

Il faut qu'il ait assez de cerveau, de jugement, de raison et de volonté, pour pouvoir résister aux influences et aux mirages, et ne pas prendre le change, lorsque l'hallucination se dresse à la place de la réalité.

Il faut qu'il ait le courage de rompre en visière à l'absurde.

Il faut qu'il lâche la fiction allégorique, qui n'est rien : car la Minerve, accoudée sur une enclume, ne personnifie pas mieux l'industrie du fer, que le bonhomme Mercure, assis sur une balle de café, ne peut représenter le commerce des denrées coloniales.

(A l'ordre! A l'ordre! Effroyable tumulte.)

Durand (Cadet) s'élance à la tribune.

DURAND (Cadet).

Au nom de la poésie outragée,—au nom de la tradition sentimentale chère à tout homme bien élevé.

je ne proteste pas seulement contre les blasphèmes
de tout genre émis par cet homme ; mais je m'in-
scris en faux contre tout ce qu'il a dit de l'accueil en-
thousiaste fait à son projet.

Cet homme a menti ; et la preuve, c'est que, dans
la décoration des gares, nos sages et prévoyantes
compagnies ont fait précisément tout le contraire de
ce qu'il dit leur avoir proposé. Et Dieu merci ! personne ne s'en plaint ; ni le public ébahi devant les
magnificences qui l'aveuglent, ni surtout l'action-
naire dont on a sauvegardé les intérêts.

Il ose parler de la nudité de nos salles, l'intri-
gant ! lorsque les murs sont tellement criblés de
chefs-d'œuvre, que l'œil ne sait par quel bout en
commencer la contemplation.

Attaquons-nous d'abord aux miniatures : elles
nous enserrent ; elles s'étalent depuis les plinthes
basses, jusqu'au sommet des lambris, — sur toute la
boiserie. Elles s'enchevêtrent et se raccordent si
bien qu'on dirait une mosaïque : mosaïque admirable, en *papier-carton*, dont les innombrables morceaux vernis et coloriés, exaltent, en lettres d'or, le
mérite de tous les industriels *pénétrés de la puissance
de l'annonce.*

Passons au grand Art, c'est au-dessus. Levez les
yeux, voici les fresques : elles recouvrent toute
la haute surface des murailles, divisées en immen-
ses panneaux : c'est à enfoncer l'Italie.

Les épisodes glorieux de notre histoire ; les batailles, les héros légendaires, les grotesques fameux : tout ce qui peut charmer la vue s'y trouve représenté.

Le sacré y coudoie le profane ; le sublime s'y accouple au bouffon, pendant que l'aimable allégorie resplendit à la meilleure place.

Donc, remercîments chaleureux aux administrateurs intelligents et philanthropes de nos riches compagnies : ils ont compris que rien ne pouvait moraliser plus efficacement le peuple que de lui *inspirer le goût de la propreté;* et ils ont fait servir la grande peinture à l'enseignement de l'histoire, afin que désormais l'adresse des grandes maisons d'habits confectionnés ne soit plus un mystère.

Entrez ! messieurs ! Ce tableau vous représente à lui seul toute l'histoire de France. Dagobert indique à saint Louis la meilleure fabrique de culottes. Duguesclin signale à Jean Bart la boutique où se font les meilleurs paletots, etc., etc., etc.

A côté, l'action est plus simple ; mais, pour se concentrer sur un unique personnage, l'intérêt ne diminue pas. Voyez le pardessus gris du grand homme : une redingote de cinquante pieds. Epique ! épique !

Ici, les pantalons éclosent sous le feu d'un OEil monstrueux : *telle rue, tel numéro.*

Plus loin, un Satan généreux distribue des gilets

en agitant sa queue dans les magasins les plus vastes du monde.

Tandis qu'un immense vautour, au cou chauve, proclame à tous les peuples de la terre, la supériorité du papier à cigarette dont il est l'inventeur.

Voilà, messieurs, quelques échantillons des magnificences artistiques que nous offrent les salles d'attente, depuis que les gares de chemin de fer ont été transformées en musées. *(Applaudissements prolongés.)*

LE PRÉSIDENT.

Les débats sont clos. Je résume.

Durand, vous avez des actions du chemin de fer de Vincennes, et vous raisonnez d'après le chiffre de vos dividendes. Car vous ne trouvez pas si admirables que vous dites les monstrueuses annonces peintes qui déshonorent les murailles de vos salles d'attente; mais vous trouvez joli d'empocher votre part des revenus qu'elles donnent.

En somme, vous croyez que les compagnies ont plus d'avantages à avoir pour locataires des industriels que des artistes. Eh bien, l'ami, vous avez tort.

Les artistes payeraient leurs places tout comme les industriels, et de plus vous auriez leurs tableaux en nantissement ; ce qui serait une garantie du prix de la location. Au lieu que, si les fabricants de *bitume atmosphérique* venaient à s'éclipser sans vous prévenir, vous en seriez réduits à passer l'éponge sur la crasse de vos murailles.

Donc M. Courbet est plus clairvoyant que vous sur ce point.

Mais où il vous dépasse complétement en raison et en sagesse, c'est quand il dit que l'adoption de son projet augmenterait le nombre des voyageurs.

Et en effet, Durand (Cadet), le jour où votre compagnie ouvrira ses salons aux vraies productions de l'art, il ne manquera pas de visiteurs qui ne regarderont pas à prendre un billet d'entrée, dans vos salles d'attente, dans le but unique d'y voir une œuvre à sensation. — Ces gens-là laisseront partir le train sans y monter, bien qu'ils aient payé leurs places. Et comme on ne rend pas l'argent une fois tombé dans la caisse, vous aurez fait sur eux un bénéfice de cent pour cent.

Quant aux crèmes antipelliculaires, aux jus de marrons des Indes, et à la douce farine de concombres, je ne vous dirai pas de leur refuser brutalement l'hospitalité; non, Durand, ne soyons pas si radicaux ; mais ne cessons jamais d'être dignes. Donnons à chacun la place à laquelle il a droit :

Aux artistes, les salons ; aux puffistes, le trottoir et le quai de la voie.

MONSIEUR RENUCHON.

Mais le malheureux bourgeois, que fera-t-il de ses tableaux ?

LE PRÉSIDENT.

Silence !

La parole est à madame de Font-Couverte, pour dire quelques mots SUR LA SITUATION PRÉCAIRE DE L'ART A LA CAMPAGNE, DEPUIS L'OUVERTURE DES HOSTILITÉS ENTRE LES DOMESTIQUES ET LES BIBELOTS.

MADAME DE FONT-COUVERTE.

Messieurs, s'il est vrai que les Muses soient sœurs (ce qui m'est fort égal), il est incontestable que les arts sont frères ; d'où je conclus que tous les goûts sont dans la nature.

L'art, pour moi, voyez-vous, ce n'est pas les tableaux, ils m'ennuient ; l'art, c'est les bibelots.

Vous dire tout ce que m'en ont vendu Giroux, Susse et consorts.... Non, je m'en dispense.

Les bibelots, voyez-vous, quand on les aime, on les adore, et on ne voudrait pas y voir toucher les autres : mais pourtant, à force d'entasser, le culte de ces objets absorba toute mon existence.

Je crus alors pouvoir initier ma femme de chambre aux pratiques de l'essuyage. Hélas ! j'en fus cruellement punie. A dater de ce moment, quand il fallait me coiffer :

— Eh bien ! Julienne, où donc étiez-vous ?

— Madame, je brossais les Chinois.

S'il fallait m'habiller :

— Eh bien ! Julienne, voilà deux heures que je vous sonne !

— Madame, je frottais les idoles.

Si la chose avait été vraie, je me serais arraché de bon cœur quelques cheveux de plus en me peignant toute seule ; mais non ! Julienne mentait. Elle n'avait pas fait œuvre de ses dix doigts. La malheureuse !

— Julienne, vous n'irez plus aux bibelots.

— C'est comme madame voudra ; au reste, je ne suis point entrée au service de madame pour passer mon temps après des bêtises : *Je suis femme de chambre !*

Et Julienne me montra ses talons.

Ce fut au tour de Jean :

— Et vous, Jean ?

— Moi, madame la marquise, *je suis valet de chambre.*

— Je ne vous demande pas cela : je vous prie de m'aider à essuyer mes faïences, le voulez-vous ?

— Si cela fait tant de plaisir à madame la marquise....

— Allons, essuyez !... Arrêtez !... doucement !... prenez garde : vous allez tout casser !...

— Madame voit bien qu'elle a eu tort...

— Oui, oui, assez ! assez !... Allez vous-en !...

Je restai seule. Et ne pouvant suffire à tout essuyer moi-même, j'ai tout réintégré dans les caisses.

LE COLLECTIONNEUR.

Comment, madame, vous si riche, ne preniez-vous pas un CONSERVATEUR spécialement commis à l'épluchage de cette bimbeloterie? Vous n'en seriez pas réduite à vous priver de la vue de ces doux objets.

MADAME DE FONTCOUVERTE.

Mais je l'ai fait, monsieur, j'en ai attaché un à ma collection de Paris.

LE CHOEUR.

Et quoi! ne pourrait-il pas suffire aux deux?

MADAME DE FONTCOUVERTE.

Non. Pour cela il lui faudrait habiter la campagne, séjour insupportable à tout conservateur d'objets d'art.

LE COLLECTIONNEUR.

C'est vrai; mais en insistant?

MADAME DE FONTCOUVERTE.

J'ai insisté; il a refusé. Il a prétendu que mon mari n'était pas assez fort joueur de billard pour pouvoir faire sa partie, et il trouve mes enfants insupportables, surtout pendant le temps des vacances.

LE CHOEUR.

Mais en le payant double?

MADAME DE FONTCOUVERTE.

Je lui ai vainement offert les traitements combinés de deux juges de paix, il a persisté dans ses refus.

LE CONFÉRENCIER.

Savez-vous, madame, que cette obstination doit porter un tort considérable aux bibelots.

MADAME DE FONTCOUVERTE.

Évidemment, monsieur, car moi et plusieurs de mes amies en achetions pour plusieurs milliers d'écus chaque année, tandis que maintenant nous sommes obligées de nous en abstenir.

M. DE PUITS-VALLON.

C'est raide !

Messieurs, je suis pharmacien dans un quartier populeux.

LIVRE DIXIÈME

UN PEU DE TOUT

I

DE L'ÉDUCATION DES FILLES

— Que diable allait-il faire dans cette galère?

— Bah! du moment où l'on élève si bien les demoiselles !

D'abord, il n'est pas une maman qui ne prétende faire de sa fille une excellente ménagère et pour commencer elle la fourre en pension.

A dix-huit ans, Hortensia revient chez elle.

A vingt ans on la marie.

Pendant dix ans qu'elle est restée à la Providence, Hortensia, qu'a-t-elle appris? — Tout. — Qu'en a-t-elle rapporté? — Rien.

Pendant les deux ans qu'elle a passés chez sa mère, que devait-elle y faire? — Tout. — A quoi a-t-elle employé son temps? — A rien.

La voilà donc mariée.

— A qui?

— A l'un ou à l'autre; soit à un homme ostensiblement occupé, magistrat, négociant ou médecin; soit à un homme de loisirs. Ah! c'est celui-là que je plains.

Fortunio est au palais.

Hortensia est chez elle, installée dans l'encoignure de sa fenêtre. Toute sa journée se passe à broder (probablement au crochet) une fantaisie de haute inutilité, laquelle vaudra bien cinquante sous après deux mois d'un travail opiniâtre.

Fortunio revient du palais pour dîner; quelquefois le couvert se trouve mis, quelquefois le linge est blanc; il peut même arriver que les salières soient garnies et qu'il y ait des radis sur la table; quelquefois ! car pour l'ordinaire... Au reste, c'est l'affaire de la domestique.

Fantasio n'était pas précisément pressé de se marier... pour payer une étude, pas même pour ceci ni pour cela ; néanmoins...

— La faim ?

— Non, l'occasion, l'herbe tendre, et peut-être quelque diable aussi le poussant... Enfin, le voilà marié et emménagé.

La matinée se passe toujours. On déjeune.

FENELLA.

Que ferons-nous cet après-midi ?

FANTASIO.

Mais tu feras ce que tu voudras.

FENELLA.

Nous ne sortirons pas ?

FANTASIO.

Pourquoi ne sortirais-tu point ?

FENELLA.

Seule ?

FANTASIO.

Puisque j'ai à travailler.

FENELLA.

Tu travailles toujours.

FANTASIO.

Qui empêche?

FENELLA.

Puisque tu n'as pas de place.

FANTASIO.

Heureusement.

FENELLA.

Et ma robe à acheter?

FANTASIO.

Achète-la.

FENELLA.

Je ne veux pas l'acheter toute seule.

FANTASIO.

Je ne dis pas le contraire. . . . .
. . . . Silence . . . .

. . . .

Fenella pleure, Fantasio cède. — On sort.
Cela recommence à peu près tous les jours.

Il est six heures qu'on se trouve encore au ballon
captif. On prend une voiture. — On rentre pour
diner.

SEPT HEURES.

Monsieur, — Madame, — la Bonne.

SOPHIE, *effarée.*

Tiens! madame dine ici? Il n'y a rien.

MADAME.

Comment, rien ?

SOPHIE.

Madame ne m'a rien dit en sortant, j'ai cru qu'elle dînait en ville.

MONSIEUR, *à Fenella*.

Vous avez encore oublié de commander le dîner ?

MADAME.

Ça m'est passé de l'idée.

Et voilà ce qui vous attache à une femme !

II

L'OEIL CREVÉ

À M. LE DOCTEUR Z***

Oser convenir, devant *gens bien élevés*, que l'on a fait griller soi-même et sans l'aide de Sophie le *beefsteak* du déjeuner, c'est donner une bien grande preuve de son courage.

Mais affirmer que, de toutes les absurdités, la plus sotte est celle qui consiste à se faire un mérite de sa maladresse, voilà un exploit encore plus fameux, et que je signalerais à Don Guzman le brave, s'il n'était pas mort.

Oui, cher docteur, vous avez des mains et vous affectez d'être inhabile à vous en servir, quand la chose à faire n'est pas marquée au coin de la distinction.

— Quelle distinction?

— Pour cela, on n'a jamais pu savoir.

.   .   .   .

.   .   .   .

Vous souvenez-vous, cher confrère, de cette mémorable opération à la campagne, que nous fîmes ensemble de compte à demi; et que nous perpétrâmes le jour durant et même pendant une partie de la nuit? Nous en vînmes pourtant à bout. Vous rappelez-vous quelle faim nous empoigna, après; — chez ces pauvres gens, — et comme vous daignâtes accepter avec empressement les seuls mets qu'ils pussent nous offrir: c'est-à-dire du pain tout noir et du jambon de l'année passée?

Avec quelle dextérité vous en débitiez des tranches, ô docteur! On vous aurait dit charcutier de naissance.

Mais ne vous rappelez-vous pas aussi, ce fameux *pique-nique* sur l'herbe, où votre succès fut colossal?

Votre apport consistait en un jambon, souvenez-vous-en, confrère. — Point de valets ; ils gardaient les chevaux. *On se servait soi-même.* — Les dames furent obligées de mettre le couvert. — Et comme on s'amusa ! — Il fallut pourtant le découper, ce fameux jambon. — Ah ! docteur ; en quel effroyable état vous nous le servîtes ; mais aussi comme vous fûtes adroit en affectant d'ignorer jusqu'à la manière de tenir un couteau ! Et quelles lamentations vous faisiez : « Damné jambon ! » On n'aurait pu déployer une plus adorable gaucherie. — Oh ! le superbe enthousiasme que vous provocâtes. Je n'oublierai jamais l'exaltation de la petite dame brune au nez pointu, qui vous faisait vis-à-vis : — « Dieu » que c'est beau, la médecine, disait-elle ; on croirait » qu'un homme si fort sur la désarticulation du » *grand trocanter* dût savoir découper de la viande » sans os ; pas du tout. Qu'il est donc adorable le » docteur ! Si jamais je me trouve en peine, c'est à » lui que je me confierai ; à lui, ou à pas un autre. »

Eh bien ! cher confrère, est-ce qu'elle plaisantait ? Non. Elle le disait, mais elle le pensait ; et la preuve, c'est qu'elle est devenue votre plus intime cliente.

Montrer qu'on a des mains pour s'en servir ? Autant vaut se suicider tout de suite.

Savoir être maladroit à propos : voilà le génie.

Hélas ! Que ne vous ai-je imité ! je ne végéterais

26

pas dans ce misérable village; j'aurais des clients riches et distingués, à la place de ces paysans qui ne sont presque jamais malades.

Qu'il est donc désagréable d'avoir un père ennemi des préjugés! Vous avez connu le mien: ce maniaque qui se moquait de toutes les sottises; n'admettait que le bon sens; et ne sacrifiait jamais à la mode, pas même quand elle était absurde. Le pauvre homme!

Ce fut lui qui m'éleva.

Ah! je piochai rudement. J'appris le grec; — je taillai les arbres; — je sus limer, forger et faire des choses encore moins nobles.

« Plus de cette main, me dit un jour mon père. » assez de la droite; il est temps d'occuper la main » gauche. » Quelle imprudence!

Il ne se doutait pas des orages que ma main gauche émancipée amasserait un jour au-dessus de ma tête.

Je voulus être médecin: — « Sois-le, dit le bonhomme, mais apprends. »

J'appris; je devins un sujet. — Mon nom était cité à l'école; j'obtins des médailles.

Enfin je fus reçu docteur.

J'eus des malades. Je fis des cures éblouissantes. On ne voulait plus que moi : je me crus lancé : idiot!

Un jour, on m'appela en toute hâte dans une maison de première marque.

On parlait d'une chute lourde, d'un accident de chasse arrivé au fils unique. Il y avait syncope et congestion; la saignée allait d'urgence. je la pratiquai.

Le malade était couché sur le côté droit, j'opérai sur le bras gauche.

— Ah mon Dieu! s'écria la mère; monsieur, vous êtes gaucher!

— Mais non, madame.

— Mais si. monsieur, vous venez de vous servir de votre main gauche.

— Évidemment, madame, il le fallait: l'état du blessé et la position du lit l'exigeaient.

— Vous en êtes sûr?

— Parfaitement.

— C'est impossible! . . . .

Le mot était... fort. Mais, bah! qu'importe quand cela part du cœur d'une mère éplorée. D'ailleurs, le garçon était sauf : c'était le principal : et je pris congé de madame X*** sans lui garder rancune.

— « A demain, » fis-je en la quittant.

Mais, si matinal que j'eusse été, le lendemain j'arrivai trop tard ; j'avais été précédé : c'est vous. cher confrère, que je trouvai installé au chevet du jeune homme. Oh! nous sommes habitués à ces sortes de remplacements soudains et fantaisistes.

Cependant je constate que vous daignâtes balbutier un : — *Si j'avais eu connaissance de votre droit d'antériorité, j'eusse refusé de me rendre ici sans votre assentiment.*

— J'en suis tout à fait persuadé, vous répondis-je, et je ne vous en veux point de la bévue que j'ai commise hier en me servant de ma main gauche ; si j'en pâtis, c'est tant pis pour moi ; seulement, ajoutai-je, que pensez-vous de la saignée ?

— Vous convîntes qu'elle était indispensable.

— A-t-elle été bien faite ?

— Admirablement.

— Et vous trouvez que le blessé va bien ?

— Aussi bien que possible.

— Dans ce cas, cher confrère, puisque notre homme est guéri, ma présence ici devient inutile ; continuez donc à lui donner vos soins ; quant à moi, je me retire.

Vous restâtes, et je m'en allai... pas assez loin.

L'accident avait fait grand bruit ; la guérison fit encore plus de tapage. — A qui la devait-on ? A moi ? non, certes ; mais à vous, cher confrère, à vous qui arrivâtes comme la moutarde après dîner, mais qui n'eussiez· pas été assez jeune pour pratiquer une saignée de la main qui n'est pas comme il faut.

Ah ! c'est une cure qui vous a donné un rude coup d'épaule.

Il me semble encore l'entendre. cette bonne madame X***, de la confrérie des Mères chrétiennes :
— « Ah ! chère bonne amie, le pauvre enfant ! entre
» quelles mains il était tombé ! Un gaucher ! Heu-
» reusement que le docteur Z*** est accouru. Main-
» tenant tout va au mieux : n'oubliez pas que c'est
» demain qu'on chantera la messe d'actions de
» grâces. »

Quelque temps après je dînais en ville. Cela vous
étonne, n'est-ce pas, cher confrère, que l'on osât
me recevoir. après la consommation d'une pareille
énormité? Calmez-vous : si j'allais encore dans
quelques maisons assez indépendantes pour m'envoyer une invitation, ce n'était pas comme médecin
de la famille. Je n'étais plus qu'une connaissance
banale, d'ailleurs si gauche, que l'argenterie ne
courait aucun risque.

Néanmoins, j'étais demeuré célèbre, mais célèbre
à la façon de *Janot*; il leur semblait que je ne dusse
pas ouvrir la bouche sans renverser mon verre ou
laisser tomber mon couteau : en un mot, je diver-
tissais ! . . . .

Donc nous étions à table : tous les yeux étaient
braqués sur moi. Sachant la signification de ces
œillades et le profit négatif qu'elles devaient me
rapporter, je mangeais sans y prendre garde. Oui,
je dînais, le chagrin ne m'ayant pas encore ôté l'appétit.

Tout à coup éclatent de formidables éclats de rire accompagnant un ordre de la maîtresse de maison :

« — A droite, Baptiste ! Le plat à droite ! Vous » savez bien que le docteur est gaucher ! »

« — Non, chère madame; ce serait trop de peine; » ni à droite ni à gauche. »

Je me levai et je sortis.

C'était une affaire bâclée : je n'avais plus qu'à décamper d'une ville où il ne me restait ni clientèle ni relations, et où j'avais perdu la considération des maîtres et le respect des valets.

En outre, il me fallait vivre : j'avais conservé la maison paternelle ; j'en étais parti, j'y retournai.

Qui fut étonné de mon retour? Ce furent les paysans de l'endroit.

— C'est donc vrai que vous voilà, monsieur le médecin ? Est-ce pour tout de bon?

— Oui, mes amis, pour tout de bon.

— Comment n'avez-vous pas su faire vos affaires en ville, vous qui êtes si adroit, à preuve que vous savez vous servir de vos deux mains?

— Hélas? répliquai-je, voilà justement la cause de mes désagréments : si j'avais eu le bonheur de naître manchot, il m'aurait fallu refuser des malade

Je l'ai dit : il me fallait vivre, et je n'avais que
mon état; mais, quoi qu'il pût m'arriver, je n'eus
point la lâcheté de refuser les services de la main
qui m'avait été si fatale. Au contraire !

Ayant des loisirs, je les utilisai. J'avais su forger
et limer; je forgeai et je limai de plus belle.

Je faisais tous les instruments qui m'étaient né-
cessaires; j'en imaginai d'autres; — j'en créai de
nouveaux.

Chose étonnante : je devins spécialiste. Spécialiste aux champs, sans hôpital et sans clinique :
cela paraît invraisemblable; n'importe, je me dé-
clarai l'ennemi des maux d'yeux, si fréquents à la
campagne.

Je fis des cures inédites : moi, un gaucher ! —
C'était incroyable : aussi essaya-t-on de vous les
mettre sur le dos, cher confrère; malheureusement,
ça ne prit pas : cette fois vous fûtes impuissant à
m'enlever ma légitime.

L'opération de la cataracte par la kératotomie m'é-
tait devenue familière. Je devais naturellement pré-
férer la méthode de l'extraction à celle de l'abaisse-
ment, puisque, dans le premier cas, la matière opa-
que du cristallin est pour toujours expulsée; tandis
que dans l'autre, elle n'est que précipitée au fond
du globe de l'œil. — Ce dernier procédé demande
moins de dextérité que d'aplomb de la part de l'opé-

rateur; — ce qui vous distingue par-dessus tout,
cher confrère.—La première méthode, au contraire,
exige une habileté de main consommée, et l'emploi
d'instruments irréprochables.

Je me servis d'abord du couteau de Wenzel, que
je ne tardai pas à modifier. Bientôt je le perfec-
tionnai encore. Aujourd'hui j'use d'un kératotome
de mon invention, et qui portera mon nom sous
peu de temps.

Et maintenant, cher confrère, que je vous ai tenu
au courant des distractions auxquelles je me suis
livré depuis mon départ de notre bonne ville; n'allez-vous pas me dire quel motif me procure l'honneur de votre visite ? Vous ici, chez moi, le chapeau
à la main; mais c'est le monde renversé!

— Effectivement : je suis venu vous demander
s'il vous serait agréable d'opérer madame X*** ?

— Monsieur, trève de plaisanteries ! J'ai pu par-
donner à madame X*** de m'avoir mis à la porte de
sa maison; mais je ne tolérerai pas que la mystifi-
cation continue sous vos auspices.

— Vous vous trompez, monsieur, la pauvre dame
ne songe plus à mystifier : Elle est aveugle.

— Eh bien ! guérissez-la, vous êtes son docteur.

— Pour la guérir, il faudrait l'opérer.

— Opérez-la.

— Je l'ai malheureusement essayé; et le seul ré-

sultat que j'aie obtenu a été de lui vider l'œil
gauche.

— Alors il lui reste l'œil droit : peut-être sera-t-il
plus chanceux.

— Ah ! par pitié, monsieur, ne parlez pas ainsi :
vous qui savez que l'œil droit ne peut être opéré que
de la main gauche.

— Évidemment je le sais, — et pour cause. —
Eh bien ! servez-vous de votre main gauche, puisque
vous en avez une.

— Hélas ! oui. j'en ai une, mais c'est comme si
je n'en avais pas ; elle m'est inutile.

— Ainsi la mode vous a estropié et vous en convenez ?

— Je conviendrai de tout. si vous consentez à
opérer madame X*** que j'ai si maladroitement
éborgnée.

— Allons. marchez. je vous suis.

— Et vous l'opérerez ?

— Oui. — mais à une condition.

— Laquelle ?

— Nous irons d'abord au couvent, où votre fille
est élevée. — Nous entrerons dans la salle des travaux d'aiguille. — Nous regarderons coudre ces demoiselles; et nous y resterons quinze minutes:
c'est-à-dire jusqu'après avoir entendu la sœur sur-
veillante répéter seize fois : « Fi ! mesdemoiselles !
» que c'est laid de se servir de sa main gauche.

» comme le font les gens sans éducation. Y songez-
» vous? A présent que les filles d'ouvriers sont aussi
» élégantes que vous; qui vous en distinguerait, si
» vous étiez capables de coudre des deux mains aussi
» habilement qu'elles ? — Mademoiselle Z.., votre
» papa m'a expressément défendu de vous laisser
» prendre de mauvaises habitudes; j'ai l'œil sur
» vous. »

— Est-ce tout ?

— Non, il faudra m'expliquer pourquoi, confrère,
vous qui avez remporté le prix d'écriture, vous
affectez d'écrire des ordonnances si illisibles, que
dernièrement, ce pauvre B... eût absorbé une dose
à tuer un bœuf, si, au lieu de s'adresser à T..., on
était allé chez un pharmacien moins habitué que
lui à débrouiller vos hiéroglyphes.

Je voudrais savoir en outre quel avantage, vous
autres gens comme il faut, vous trouvez à avoir les
membres inégalement robustes. En effet, par suite
du repos auquel il est admis de soumettre une moitié de notre individu, sur cent adultes, quatre-vingt-
dix-neuf ont le bras gauche moins charnu que le
droit, et l'épaule droite plus haute que la gauche.

Enfin, vous me direz pour quelle raison on porte
généralement le foie à droite et le cœur à gauche,
dans toutes les classes de la société sans distinction.

III

LE CATACLYSME

Croyez-vous aux cataclysmes ?

Croyez-vous aux comètes ?

Croyez-vous à la catastrophe glaciaire ?

Croyez-vous que le soleil soit sujet à des affaiblissements subits de lumière et de chaleur, produits par l'interposition de corps cosmiques ?

Croyez-vous à M. Babinet?

« A une époque relativement peu éloignée, dit ce
» savant, la terre a été couverte de glaciers ; et au
» retour probable de cette catastrophe est sans doute
» attachée la destinée future de la population de la
» terre, — hommes et animaux actuels. »

« Ce n'est pas tout, ajoute l'illustre académicien,
» la mer a couvert à plusieurs reprises les conti-
» nents actuels, il est inutile de le nier. Une fois,
» le sol de Londres a vu l'Océan détruire une popu-
» lation d'animaux vivant à ciel ouvert. La catastro-

» phe a eu lieu deux fois pour le sol des environs
» de Paris, et trois fois pour celui de Vienne en Au-
» triche. Ainsi les Anglais et les animaux de 1867
» sont les seconds occupants, les Français sont les
» troisièmes, et les Autrichiens sont les quatriè-
» mes locataires d'une habitation peu sûre, dont
» ils ont été expropriés avec perte de la vie, après
» un bail d'une durée limitée par les circonstances
» physiques où le globe se trouve placé. »

Écoutez le mot de la fin :

« *Au physique comme au moral, il n'y a rien d'éter-*
» *nel dans la nature.* »

— C'est un mot dur pour la bourgeoisie, et il me
paraît étonnant qu'il soit tombé des lèvres de M. Babinet.

— Pourquoi?

— Parce que la bourgeoisie n'étant que *la résultante d'une distinction morale,* — on sait bien qu'elle
ne peut pas s'éterniser; mais il eût été plus civil de
ne pas le dire.

— Reste à savoir si la disparition de la bourgeoisie doit être considérée comme un cataclysme ?

— Au fait, ce sera peut-être un bonheur pour
elle : n'y étant plus, *elle aura moins à souffrir de la
disette des bras.*

IV

SCÈNE DERNIÈRE

Bonne fille, elle n'avait rien d'imposant, ni le ton,
ni l'air, ni les manières, et quand elle vous criait :
« Hé! montez donc! » vraiment elle était agaçante.

— Montez! Ce n'est point un carrosse, c'est plus
commode et pas solennel ; montez dans ma calèche
bourgeoise.

— Mais ma blouse ?

— Ça! me croyez-vous bégueule? Allons, dépê-
chons-nous... Y en a-t-il encore ? Montez, amis,
bravo ! Roulez, cocher; au galop ! Lâchez tout !

— Prenez garde, *ma reine*, il y a de la charge.

— Quoi craindre, avec des ressorts tout neufs?

— Tout s'use, *ma duchesse*.

— En avant, marchons! Hé! là-bas ! vous autres
épiciers, serruriers, chaudronniers, menuisiers,
maçons, charpentiers, ferblantiers, cordonniers,
vitriers. Hé! hé! montez-donc !

— Vous le voulez, *ma comtesse* ?

— Si je le veux ! Voici ma main, camarades;
vous êtes ici chez vous.

— Pour lors. *la bourgeoise*, passe-nous le fouet ?

— Pourquoi faire ?

— Pour taper sur les rosses. *citoyenne*.

— Insolents !

— Ils n'avancent plus les carcans, *ma grosse*.

— Descendez d'ici, mal-appris !

— De quoi ! descendre ? Elle est bonne, *la ci-de-
vant :* elle trouve maintenant que ça va trop vite :
elle a peur de chavirer : — Dites donc, *la vieille*,
faut-il qu'on vous dépose?

— Messieurs... Citoyens, ne plaisantons pas :
vous allez tuer mes chevaux !

— Tes chevaux ! Dis donc nos chevaux, *commère !*

— Ma calèche est perdue !

— Ta calèche? Te fiches-tu de nous ? Une voiture
dans laquelle on reçoit tant de peuple n'a plus ni
nom ni maître : c'est L'OMNIBUS.

Après le noble. le bourgeois ; après le bourgeois,
TOUT LE MONDE.

FIN

TABLE

PARIS. — IMPRIMERIE WALLÉE, 15, RUE BREDA.